불안의 주파수

청소년 테마 소설
불안의 주파수

1판 1쇄 2018년 9월 21일 | 1판 5쇄 2022년 11월 11일
글쓴이 구병모 김진나 송미경 오문세 진형민 최상희 최영희
책임편집 곽수빈 | 편집 엄희정 원선화 이복희 | 디자인 신선아 이현정
마케팅 정민호 이숙재 박치우 한민아 이민경 안남영 왕지경 김수현 정경주
브랜딩 함유지 함근아 김희숙 고보미 박민재 박진희 정승민
제작 강신은 김동욱 임현식 | 제작처 한영문화사
펴낸곳 (주)문학동네 | 펴낸이 김소영 | 출판등록 1993년 10월 22일 제2003-000045호
주소 10881 경기도 파주시 회동길 210 | 전자우편 kids@munhak.com
홈페이지 www.munhak.com | 카페 cafe.naver.com/mhdn
북클럽 bookclubmunhak.com | 인스타그램 @kidsmunhak | 트위터 @kidsmunhak

대표전화 (031)955-8888 팩스 (031)955-8855
문의전화 (031)955-3578(마케팅) (02)3144-3242(편집)

ISBN 978-89-546-5288-9 03810

잘못된 책은 구입하신 서점에서 교환해 드립니다. 기타 교환 문의: (031)955-2661, 3580

청소년
테마
소설

불안의 주파수

구병모
김진나
송미경
오문세
진형민
최상희
최영희

문학동네

| 차 례 |

진 형 민 … 헬멧

피자집 문을 열고 들어갔다. 은주가 나를 보자마자 한바탕 야단을 했다.

"야, 너 지금 몇 시야? 여기가 너 놀러 오는 데야? 아무 때나 너 오고 싶을 때 오는 데냐고!"

한 시간 늦긴 했다.

"늦으면 늦는다고 미리 연락을 해야 할 거 아냐! 너 이러고 돈 받으면 미안하지 않냐?"

솔직히 미안하지 않다. 요즘 이 돈 받고 피자 배달 뛰어 주는 사람 아무도 없다. 나나 되니까 의리 지키면서 여기 있는 거다.

"아이고, 고만 좀 해라. 나라를 팔아먹은 것도 아니고. 밥은?"

박 사장 아저씨가 주방에서 고개를 내밀며 눈을 찡긋했다. 사실 아까부터 배가 고팠다. 밥을 잔뜩 먹어도 돌아서면 또 허기가 졌다. 아저씨는 내가 한창 그럴 때라고 했다.

아저씨가 프라이팬에 볶음밥을 해서 내왔다. 아저씨는 일 시키기 전에 뭐든 꼭 배불리 먹였다. 세상에 배곯아 가면서 할 만큼 중요한 일은 없다며 일단 먹고 하라고 했다. 볶음밥을 순식간에 먹어 치웠다. 이제 움직여야 할 시간이다.

배달 상자를 들고 나가는데 은주가 또 뒤에서 소리를 질렀다.

"야, 헬멧!"

"괜찮아. 돌대가리라서 안 깨져."

은주가 기어이 헬멧을 들고 나와 내 머리통을 한 대 쳤다.

"누가 네 돌대가리 깨질까 봐 그런대? 헬멧 안 쓰고 가다 딱지 떼이면 네가 돈 낼 거야? 빨리 써!"

헬멧을 쓰면 앞이 잘 안 보여서 답답하다. 그래도 눌러쓰고 오토바이 시동을 걸었다.

아저씨의 수제 피자는 한때 꽤 유명했다. 지금은 개나 소나 다 그렇게 하지만 피자 테두리에 치즈를 넣어 구운 것도 이 동네에선 아저씨가 처음이었다. 아저씨는 주문이 들어올 때마다 열두 종류의 피자를 직접 구웠다. 밀가루 반죽은 물론이고 토핑 재료 손질도 하나부터 열까지 다 자기 손으로 했다. '수제'라는 말이 괜히 붙은 게 아니었다. 사람들이 몰라서 그렇지, 크고 유명한 피자 체인점들도 열에 아홉은 본사에서 반제품 받아다 가게 오븐에 굽기만 한다.

배달 다섯 탕 뛰고, 자루걸레로 바닥 좀 닦고, 음료수 잔 설거지까지 하고 나니 하루가 다 갔다. 배달 없을 때 잡일 시키면 싫어하는 애들도 있지만 나는 그냥 했다. 내가 안 하면 은주가 해야 하는 일들이었다. 은주는 은근히 일이 많았다. 주문도 받아야 하고, 배달 상자도 꾸려야 하고, 틈틈이 홀 손님들까지 챙겨야 했다. 홀에는 탁자가 달랑 세 개뿐이지만 사람들은 이거 달라 저거 달라 요구 사항이 많았다.

"아저씨, 저 30분만 일찍 갈게요."

"왜?"

"애들이랑 축구 보려고요."

"오늘 무슨 경기 있냐?"

"스페인이랑 국대 평가전 있어요."

은주가 팔짱을 끼고 나를 째려봤다. 나도 눈에 힘을 주고 같이 째려봤다. 은주랑 눈싸움해서 한 번도 이긴 적 없지만 굴하지 않고 또 들이댔다. 눈알에서 불이 나는 것 같아 눈을 깜빡였다. 은주가 깔깔대며 웃었다.

밖에서 오토바이 소리가 났다. 태호였다. 아저씨한테 인사하고 얼른 뛰어나가 태호 뒤에 올라탔다. 은주가 어느 틈에 따라 나와 또 잔소리를 했다.

"이종민, 너 곱게 축구만 봐. 괜히 이상한 짓 하지 말고."

오토바이가 찻길로 파고들었다. 아직 초저녁이라 그런지 길에 차가 많았다. 약속한 시간에 겨우 닿을 것 같다. 태호가 나를 힐끔 돌아보며 물었다.

"일하러 간다고 말 안 했어?"

"뭐 하러. 괜히 욕이나 얻어먹지."

나는 알바 끝나고 다시 알바를 가는 중이었다.

철규 형이 사무실 앞에서 우릴 보고 손을 흔들었다. 형 학교 졸업하고 처음 보는데 예전하고는 분위기가 확 달랐다. 뭐랄까, 어른 냄새가 났다. 형이 얘기는 나중에 하고 휴대폰에 앱부터 깔라고 했다. '김밥부터 족발까지 배달119'. 가게 음식들을 대신 배달해 주는 배달 대행업체 앱이었다. 형이 그 자리에서 승인을 해 주자 화면에 음식점 이름과 주소가 줄줄이 떴다.

예예치킨, 일미감자탕, 옛날족발.

오다가다 본 적 있는 이름들이었다. 예예치킨은 얼마 전에 은주랑 같이 가서 간장치킨을 먹은 곳이다. 방금까지 있던 음식점 이름들이 순식간에 화면에서 사라졌다.

"이쪽에 가게들이 뜨면 제일 가까운 데로 콜을 받아. 그리고 거기 가서 포장된 음식을 받아다 배달만 해 주면 끝. 어렵지 않지?"

맨날 하는 일인데 어려울 리가 없다. 궁금한 게 있을 뿐이다.

"시급 얼만데요?"

"우린 시급 없어. 무조건 건당 삼천 원. 거기서 내가 오백 원 떼고 나머진 너희가 다 먹는 거야."

그럼 하나 배달할 때마다 이천오백 원이 남는다는 소리다. 태호가 나를 보면서 어깨를 으쓱했다. 나쁘지 않다는 뜻이다. 철규 형이 태호 오토바이 뒷자리에 노란 플라스틱 통을 묶었다. 태호가 슬그머니 얼굴을 구겼다. 폼이 좀 안 나긴 했다. 나한테는 정식 배달 통이 달린 형 오토바이를 빌려주었다. 원래는 오토바이 빌려줄 때 따로 돈을 받는데 오랜만에 얼굴 본 기념이라며 공짜로 쓰라고 했다. 옛날에 자기도 태호 오토바이 엄청 빌려 타 놓고 큰 인심 쓰는 것처럼 생색을 냈다.

"콜 들어왔다. 출발해!"

형이 우리 등짝을 툭툭 치고 사무실로 들어갔다. 그새 화면에 다른 음식점 이름이 떠 있었다.

메리치킨, 정다운야식.

나는 얼른 치킨집 콜을 눌렀다. 메리치킨은 학교 후문 옆에 있는데, 야식집은 어디 붙어 있는지 몰랐다. 태호가 휴대폰 내비게이션에 야식집 이름 치는 걸 보고 먼저 출발했다. 태호가 뒤에서 "야, 이 치사한 새끼야!" 소리를 질렀다. 나는 웃음을 참으며 액셀을 힘껏 당겼다.

부아아아아앙.

오토바이가 어두운 길 한가운데를 빠르게 내달렸다. 머리통이 다 시원했다.

새벽 한 시까지 오줌 눌 시간도 없이 동네를 누비고 다녔다. 밤에 축구 경기가 있는 날은 배달 주문이 서너 배씩 늘어난다고 했다. 그래서 우리까지 하루 알바로 긴급 투입된 것이다. 마지막 배달을 마치고 사무실에 갔더니 철규 형이 날 보며 피식 웃었다.

"종민이 너, 콜 이십 개나 받았냐? 이 자식 이거 재능 있는데?"

내가 배달을 몇 개 뛰었는지도 기록이 남는 모양이었다. 종이컵에다 믹스커피를 타던 다른 형이 나를 쓱 훑어봤다.

"짜식, 오토바이 좀 탔나 보다?"

나는 아니라고 고개를 저었다. 그냥 운이 좋았을 뿐이다. 같은 방향으로 가는 콜이 동시에 뜨면 두 개고 세 개고 다 잡아서 한 번에 배달을 돌았더니 콜 수가 좀 많아졌다. 내가 이 동네 지리에 훤해서 약간 더 유리할 수는 있다. 사람들이 우르르 들어왔다. 원래 여기서 배달 뛰는 형들이다. 태호랑 나까지 합쳐서 모두 일곱 명이 철규 형이랑 수수료 계산을 했다. 한 건당 오백 원씩, 그날 배달 뛴 건수만큼 각자 현금을 토해 냈다. 철규 형은 음식점 쪽에서도 관리비 명목으로 돈을 꽤 챙기는 듯했다.

태호는 기분이 안 좋아 보였다. 배달을 얼마 못 뛰어 그런가 보다 했는데 아니었다. 주택가 골목에 트럭이 세워져 있어 가까스로 비집고 나오다 담벼락에 오토바이를 긁어 먹었다고 했다. 나가서 보니 태호가 속이 쓰릴 만했다. 벼르고 벼르다 전체 도색한 지 한 달밖에 안 됐는데 한쪽이 희끗희끗하게 다 벗겨졌다. 철규 형이 야식 먹고 가라 했지만 그럴 분위기가 아니었다.

"에이, 재수가 없으려니까."

태호가 투덜대며 시동을 걸었다. 나도 같이 트럭 운전사 욕을 하며 뒤에 올라탔다. 나 혼자 재수 좋게 배달을 스무 개나 뛴 것 같아 괜히 미안한 마음이 들었다.

은주를 가게 밖으로 불러냈다. 철규 형네서 알바한 돈으로 오다가 실반지를 하나 샀다. 나는 여태 이런 선물을 해 준 적이 한 번도 없었다. 우리가 정식으로 "사귀자!" 하고 사귀는 사이도 아니고 어쩌다 보니 대충 사귀는 것처럼 돼 버려서 다른 애들처럼 100일이니, 200일이니 이런 걸 챙기기도 애매했다. 그런데 은주가 반지를 보고 하나도 좋아하지 않았다. 갑자기 나도 김이 샜다.

"이상하면 딴 걸로 바꾸든가."

"그게 아니고, 왜 반지가 하나야? 커플링 아니었어?"

은주가 이마를 찡그리며 물었다.

"커플링은 커플이 끼는 거고. 내가 왜 너랑 같이 반지를 끼냐."

맘에도 없는 말을 하고 가게 안으로 먼저 들어왔다. 사실은 반지 하나 살 돈밖에 없었다. 실반지가 그렇게 비싼 줄 몰랐다. 그래도 돈 없어서 그랬다고 말하긴 싫었다. 휴대폰을 꺼내 인터넷 검색창에 '축구 경기 일정'이라고 쳤다. 밤에 축구 중계 있는 날 알바 한 번 더 뛰어서 내 반지도 꼭 사야지 결심했다.

기회는 생각보다 일찍 찾아왔다. 철규 형이 어떻게 알고 피자집으로 날 보러 왔다. 우리는 근처 편의점에 가서 푸른색 스포츠 음료를 마셨다.

"방학 한 달만 해 볼래?"

형은 나를 스카우트하러 왔다고 했다. 배달 뛰는 형들 중 한 명이 아파서 그만두는 바람에 자리가 하나 비었는데 와서 일하겠느냐고 물었다.

"너 정도면 한 달에 삼백도 가능할 거 같은데."

형이 말한 '삼백'이 삼백만 원을 말하는 거라면 일을 안 할 이유가 없다. 요새는 박 사장 아저씨도 한 달에 삼백 당기기가 쉽지 않다. 하루만 가게에 있어 보면 매상이 딱 나온다. 길 건너편에 광고 빵빵하게 하는 피자집이 들어온 다음부터 배달도 확 줄고 홀 손님도 줄었다. 사람들은 예쁘고 잘생긴 연예인들이 나와 "우아, 맛있다!" 이러면 진짜로 그 피자가 맛있는 줄 안다. 어이없지만 그게 현실이다.

배달 있다고 문자가 와서 서둘러 가게로 돌아왔다. 은주가 배달 상자를 챙기고 있었다.

"넌 삼백만 원 있으면 뭐 할래?"

뜬금없이 왜 물었는지 모르겠다. 그냥 궁금했다.

"몰라. 돈도 없는데 그딴 생각 뭐 하러 해?"

"생각도 못 하냐?"

"어, 생각도 하지 마. 네가 왜 맨날 배고픈 줄 알아? 쓸데없는 생각 하느라 기운이 빠져서 그래. 식기 전에 얼른 가."

배달 상자를 들고 나왔다. 나는 삼백만 원 있으면 당장 할 게 많다. 일단 할머니 다음 달 생활비 주고, 은주랑 똑같은 반지 사고, 휴대폰 새 기종으로 바꾸고, 남는 돈으로는 오토바이를 한 대 뽑을 생각이다. 박 사장 아저씨는 이것저것 다 타 봐도 대림 시티 시리즈가 최고라고 하지만 나는 아무래도 혼다 쪽이 더 끌린다. 태호가 예전에 무슨 영상을 봤는데 혼다 오토바이를 10층 높이에서 떨어뜨린 다음 시동을 걸었더니 앞이 다 찌그러진 오토바이가 멀쩡히 굴러가더라고 했다. 그 정도면 내구성이 거의 무한대급이라 할 수 있다. 나는 뭐든 오래 쓸 수 있는 게 좋다.

배달 갔다 와서 아저씨한테 방학 때는 일 못 한다고 말했다.

"왜? 왜 못 하는데?"

아저씨보다 은주가 먼저 따지고 들었다.

"삼백만 원 벌러 간다, 어쩔래?"

나는 휘파람을 불며 가게를 나왔다. 방학이 내일모레였다.

태호한테 갔다. 태호는 오토바이 긁힌 자국을 수리하고 있었다. 움푹 파인 곳을 일일이 페인트로 메꾸고, 그 위에 다시 왁스를 발라 문지르고, 정성이 이만저만 아니었다. 태호가 감쪽같지 않느냐고 물었다. 덕지덕지 처바른 거 다 보인다고 차마 말할 수 없었다. 그래서 슬쩍 돌려 말했다.

"이참에 그냥 넘기고 나랑 새거 하나 뽑자."

빈말이 아니었다. 다 계획이 있어 하는 소리였다. 철규 형이 나를 스카우트하러 왔을 때 나도 한 가지 조건을 내세웠다.

"태호랑 같이 가도 되죠?"

형이 곤란한 표정을 지었다. 태호 배달이 느리다고 그날도 음식점에서 항의 전화가 두 번이나 왔다고 했다. 그때는 재수가 나빠 그랬던 거라고 한참을 뻔대서 겨우 허락을 받아 냈다. 태호를 놔두고 혼자 의리 없이 떼돈을 벌러 갈 수는 없었다.

방학 첫날부터 폭염주의보가 떴다. 그래도 나는 겨울보다는 여름이 좋다. 더운 건 돈 없이도 해결이 되지만 추울 때 돈이 없으면 인생이 진짜 괴로워진다. 할머니는 한겨울만 되면 전쟁 때 봤다는 얼어 죽은 사람들 얘기를 꺼냈다.

나는 철규 형한테 정식으로 오토바이를 빌렸다. 빌리는 값은 한 달 치 이십만 원 선불, 아니면 하루에 만 원씩이었다. 목돈이 없어서 하루에 만 원씩 까기로 했다. 기름값도 전부 내가 내야 했다. 철규 형은 오토바이를 세 대나 갖고 있었다. 오토바이 빌려주고 돈 받고, 배달 수수료 떼고, 이제 보니 가만히 앉아 돈 버는 데 아주 도통했다.

점심때가 가까워지자 콜이 막 쏟아졌다. 피자집에서 일할 때는 배달 주문 없는 날이 땡잡는 날이었는데 여기서는 아니었다. 배달을 한 번이라도 더 뛰어야 내 손에 쥐는 돈이 그만큼 많아졌다. 배달 형들은 자기들끼리 대놓고 신경전을 했다. 이왕이면 가

깝고 편한 코스로 두 개든, 세 개든 배달을 업어 가려고 다들 눈이 벌게져 있었다.

두어 시간 정신없이 배달을 돌고 태호랑 라면을 먹으러 갔다. 뱃가죽이 등에 붙는 줄 알았다. "잘난 척하면서 가더니 아주 쌤통이다!" 은주 목소리가 들리는 듯했다. 그래도 나중에 내가 얼마 벌었는지 얘기해 주면 은주 표정이 금세 달라질지 모른다. 삼백만 원 딱 보여 주면서 "너 이걸로 뭐 할래?" 물으면 놀라서 나자빠질 수도 있다.

"미친놈아, 왜 혼자 웃고 난리야?"

태호가 노란 무를 씹으며 나를 건너다봤다. 안 웃었다고 정색하고 우겼다. 이상하게 은주 생각만 하면 자꾸 웃음이 났다.

부르르르, 부르르르.

태호랑 내 휴대폰이 동시에 울렸다. 라면을 반도 못 먹었는데 콜이 떴다.

털보분식, 백제설렁탕.

"김태호, 너 분식집 눌러."

"너는?"

"아, 빨리 누르라고, 형들 보기 전에."

태호가 누르는 걸 보고 나도 설렁탕집 콜을 받았다. 털보분식은 엎어지면 코 닿을 데라 라면을 천천히 다 먹고 가도 된다. 나는 남은 라면을 한입에 후루룩 밀어 넣고 먼저 일어섰다. 설렁탕

집은 여기서 10분 넘게 달려야 한다. 문을 열자마자 더운 공기가 훅 밀려들었다.

태호는 아침부터 철규 형한테 싫은 소리를 들었다. 사이드미러 때문이었다. 형이 태호 오토바이에 달린 사이드미러를 손가락으로 탁탁 치며 짜증을 냈다. 자꾸 배달이 늦는 이유가 다 이거 탓이라고 했다. 형 말이 아주 틀린 건 아니다. 찻길에서 자동차 사이를 요리조리 빠져나가려면 양쪽 사이드미러가 여간 거추장스럽지 않다. 속도만 생각하면 없는 편이 훨씬 낫다. 누가 진작 떼어 버렸는지 내가 빌린 오토바이에는 처음부터 사이드미러가 없었다.

태호가 배달할 때마다 조금씩 늦긴 했다. 족발이나 보쌈 같은 건 상관없는데 면 요리는 5분만 늦어도 퉁퉁 불어서 맛도, 모양도 개판이 된다. 나도 태호 때문에 자꾸 철규 형 눈치가 보였다. 그렇다고 태호한테 사이드미러를 떼라고 할 수도 없었다. 오토바이를 자기 몸보다 더 끔찍이 여기는 놈이라 그런 말이 아예 안 통했다. 당분간 나라도 이렇게 신경 쓰는 수밖에 없다.

그늘에 오토바이를 세우고 바닥에 주저앉았다. 땡볕만 피해도 좀 살 것 같았다. 아스팔트가 끈적끈적 다 녹아내릴 것 같은 날씨였다.

콜 화면에는 아직도 '수제피자'가 떠 있다. 박 사장 아저씨한테

나 없는 동안 배달 대행을 쓰라고 말해 주긴 했지만 설마 배달119를 쓸 줄은 몰랐다. 나 여기서 일한다고 이제 와 말을 할 수도 없고 해서 수제피자 이름이 올라와도 못 본 척하는 중이었다.

그런데 몇 분째 아무도 수제피자를 누르지 않았다. 다른 음식점 이름은 뜨기가 무섭게 사라지는데 수제피자만 계속 그대로였다. 왜 그런지 짐작이 갔다. 배달해야 할 곳이 너무 멀기 때문이다. 철길 너머 언덕 꼭대기 다세대주택 4층. 가는 데에만 20분이 걸리는 이태리 할아버지네 집이다.

이태리 할아버지는 피자집 단골이다. 할아버지가 몸이 멀쩡했을 때는 한 달에 한두 번씩 할머니 손을 잡고 가게에 와서 피자를 먹고 갔는데, 주문한 피자가 나올 때까지 "오, 솔레미오!" 어쩌고 하는 이태리 노래를 계속 불러 댔다. 배 속에 마이크라도 들어 있는 것처럼 목소리가 아주 쩌렁쩌렁했다. 그런데 지난겨울 할아버지가 풍을 맞고부터는 집에서 배달을 시켜 먹었다. 원래 그렇게 먼 거리는 아예 배달 주문을 안 받는데, 오랜 단골이고 또 아프시고 하니까 그냥 갖다드리자고 해서 내가 가끔씩 갔다 오곤 했다.

태호한테 가라고 전화를 할까 하다가 걔도 지금 그럴 형편이 아니라서 할 수 없이 내가 콜을 눌렀다. 이런 식으로 은주 얼굴을 보는 건 달갑지 않지만 다른 방법이 없었다.

"너 뭐냐?"

예상대로 은주가 나를 꼬나봤다.

"방학 때 배달 못 한다더니, 거기 가서 배달하고 있었냐?"

뭐라 할 말이 없어서 그냥 웃었다. 웃는 얼굴에 침 뱉겠나 싶었다. 그런데 다시 생각해 보니, 은주는 웃는 얼굴에 침을 뱉고도 남을 애였다. 다행히 아저씨가 주방에서 나왔다.

"아이고, 이게 누구야? 잘 지내냐? 덥지? 밥은?"

"먹었어요. 할아버지 기다리시니까 얼른 갈게요. 현금 계산이죠?"

피자 가격은 만 삼천 원이었다. 나는 허리에 찬 돈주머니에서 만 원을 꺼내 아저씨에게 내밀었다. '현금 계산'은 배달료 받는 방식이 복잡했다. 음식값이 만 삼천 원이면 내가 일단 그 음식을 배달료 뺀 값 만 원에 사고, 그걸 손님한테 배달한 다음 음식값 만 삼천 원을 받아 배달료 삼천 원을 스스로 챙겨야 했다. 같은 가게에 두 번 걸음하는 일을 피하려고 꼼수를 쓰는 것이다. 피자 배달만 할 때는 일이 단순하고 쉬웠는데 이것저것 계산해 가며 배달을 하려니 모든 게 다 꼬이고 어수선했다.

"너 그러다 재벌 되겠다?"

은주가 내 돈주머니와 나를 번갈아 보며 비아냥거렸다. 재벌은 이 정도로 돈 벌어서 되는 게 아니라고 말해 줄까 하다가 관뒀다. 나는 재벌이 될 수도 없지만 되고 싶지도 않았다. 돈, 돈, 하면서 평생 사는 건 너무 끔찍했다. 하지만 돈을 많이 벌고 싶긴 했다. 돈 생각 좀 안 하고 살고 싶은데 돈이 없으면 그럴 수가 없기 때문이다.

"괜찮아. 다른 데서도 일을 해 봐야 경험도 쌓이고 그러지. 얼른 가. 운전 조심하고."

아저씨가 또 눈을 찡긋했다. 나는 피자가 식을까 봐 서둘러 나왔다. 가게 앞에 내가 맨날 타고 다니던 아저씨네 오토바이가 서 있었다. 양쪽에 사이드미러가 다 있었다.

이태리 할아버지는 소파에 축 늘어져 있었다. 지난번에 왔을 때보다 상태가 더 안 좋아 보였다. 할머니가 냉장고에서 찬물을 꺼내 따라 주었다. 들들들들, 거실에 선풍기 돌아가는 소리가 크게 들렸다.

"더운데 고생시켜서 어째. 할아버지가 통 밥을 못 먹어서."

"괜찮아요."

갑자기 콜이 두 개 떴다.

오촌치킨, 금빛도시락.

둘 중 아무거나 하나 받고 미친 듯이 쏘면 얼추 시간을 맞출 수 있을 것 같았다. 물을 한 번에 쭉 다 들이켰다.

"근데 학생아, 안 바쁘면 나 전구 하나만 갈아 주고 갈려? 부엌 불이 아주 나가 버려서 뭘 씻어도 지대로 씻기는지 어쩌는지 당최 뵈지가 않아."

내가 그러겠다고 대답도 안 했는데 할머니가 주섬주섬 서랍장을 뒤졌다. 예전에도 깜박거리는 화장실 등을 내가 갈아 준 적 있다. 문 앞에 있던 쓰레기봉투를 몇 번 버려 주기도 했다. 무릎이 아파서 계단을 맨날 기어 올라가는 우리 할머니 생각이 나서 그랬다.

다시 휴대폰을 보니 그새 콜이 싹 사라졌다. 여기 오느라 놓친 콜이 벌써 몇 개인지 모른다. 형들이 여길 안 오는 데에는 다 이유가 있다. 거리가 멀기도 하지만 계속 언덕길이라 기름도 많이 먹고 중간에 철길까지 건너야 해서 운 나쁘면 기차가 다 지나갈 때까지 오도 가도 못하고 멈춰 있어야 한다. 배달 가다 신호에 걸리면 괜히 마음이 쪼이고 안달이 났다. 찻길에서는 대충 신호 까고 달릴 수 있지만 철길에서는 그러기도 어려웠다.

"옛날에 사다 둔 게 여기 어디 있었는데."

할머니는 아직도 새 전구를 찾지 못했다. 다시 콜이 떴다.

예예치킨.

나는 한 시간 동안 수제피자 한 건밖에 못 잡았다. 이것까지 놓치면 또 언제 콜이 울릴지 알 수 없다. 무조건 눌러야 한다.

"할머니, 저 지금 가야 돼요."

"간다고? 아이고, 그럼 돈을 줘야지."

할머니가 방으로 들어갔다. 소파에 앉아 있던 할아버지가 내 쪽으로 천천히 고개를 돌렸다. 할아버지 눈이 나를 보고 있었다.

내가 누군지 알아보는 듯했다. 인사를 할까 말까 망설이는데 할머니가 돈을 가지고 나왔다. 나는 얼른 돈을 받아 쥐고 계단을 뛰어 내려갔다. 시간을 너무 많이 잡아먹었다.

예예치킨 사장은 날 보자마자 인상을 썼다. 배달119 자식들은 콜 받아 놓고도 세월아 네월아 늦게 나타나서 다 식어 빠진 치킨을 들고 간다고 억지소리를 했다. 예전에 은주랑 같이 손님으로 왔을 때는 꼬박꼬박 존댓말을 하더니 배달하러 오니까 대번에 반말이다.

현금 계산이라고 해서 치킨값 이만 원에서 배달료 뺀 돈을 사장한테 주고 나왔다. 밖은 여전히 후텁지근했다. 저녁때가 다 됐는데 해가 아직도 멀쩡히 떠 있었다. 바깥에서 일하는 사람들 죽어나는 줄도 모르고 자기 혼자 기운이 뻗쳤다.

배달 가야 할 곳은 이 동네에서 가장 최근에 지어진 초고층 아파트다. 엘리베이터가 막 올라가 버려서 다시 1층으로 내려올 때까지 한참을 기다려야 했다. 겨우 잡아타고 30층까지 올라가는데 머리가 띵했다. 몸도 축축 처졌다. 얼른 집에 가서 찬물 세게 틀어 놓고 그 밑에 머리를 처박고 싶었다. 주인 여자가 아파트 문을 열고 치킨 상자를 받더니 대뜸 카드를 내밀었다.

"현금 계산 하신다 그랬는데."

"그러려고 했는데 현금이 없어서요."

"카드기 안 가져왔는데요."

"그럼 어떡해요? 현금 하나도 없는데."

"다시 한번 찾아보시면 안 될까요? 이만 원인데요."

"찾아봐도 없으니까 하는 말이죠. 카드 계산 할 수 있으면 먹고, 아니면 못 먹고. 어떻게 해요?"

여자가 치킨 상자를 들고 나를 빤히 봤다. 대체 어쩌라는 건지 알 수가 없었다. 나보고 다시 엘리베이터를 타고 내려가 오토바이를 끌고 치킨집에 가서 아까 내가 미리 준 돈을 도로 달라고 하고 치킨집 카드기를 들고 여기 또 와서 이만 원어치 카드를 긁고 다시 치킨집에 가서 카드기를 돌려주고 사장한테 일을 똑바로 하네 못하네 소리를 들어 가며 배달료 삼천 원을 받아 챙기라는 말인가. 가만있어도 쪄 죽을 것 같은 이 날씨에? 머리 꼭대기로 열이 확 솟구쳤다.

"어떡해요? 이거 먹어도 돼요?"

여자가 다그쳐 물었다.

"아뇨. 주세요. 그냥 가져갈게요."

여자 손에 있던 치킨 상자를 낚아채 엘리베이터를 탔다. 여자가 쫓아 나와 황당한 얼굴로 나를 쳐다봤다. 나는 닫힘 버튼을 꾹꾹 연달아 눌렀다. 엘리베이터 문이 닫히자 사방이 고요했다. 구석에 기대서서 길게 숨을 내쉬었다. 그제야 다른 생각이 밀려왔다. 다시 온다고 할 걸 그랬나. 보나 마나 치킨집에 전화해서 지금 뭐 하는 거냐 장사 이딴 식으로 할 거냐 떠들어 댈 텐데, 철규 형까지 알면 더 난리가 날 텐데, 그냥 참았어야 했는데, 참고 갔다 왔어야 했는데, 나만 좀 참으면 됐는데. 그러다 천장 구석에 달려 있는 CCTV 카메라하고 눈이 마주쳤다.

"뭘 봐, 새끼야!"

나도 모르게 고함이 터져 나왔다. 이 미친, 개 같은, 참긴 뭘 참아 새끼야! 나는 엘리베이터가 1층에 도착할 때까지 카메라 눈알을 향해 욕을 퍼부어 댔다. 누구한테 하는 욕인지도 분명치 않았다. 속이 갑갑해서 견딜 수가 없었다.

태호가 사무실 옆 편의점에서 하드를 두 개 사 가지고 나왔다. 우리는 오토바이에 나란히 앉아 하드를 깨물어 먹었다. 엊저녁 치킨 사건 때문에 아침부터 철규 형한테 뒈지게 까였다. 머리도 몇 대 얻어맞았다. 배달 가서 한 번만 더 성질부리면 그걸로 끝인 줄 알라고 했다. CCTV라면 몰라도 사람한테 딱히 성질부린 건 없어서 좀 억울했지만 형 기분 풀리라고 가만히 있었다. 형도 치킨집 사장한테 된통 깨진 것 같았다.

비가 한두 방울 떨어졌다. 집에서 나올 때부터 하늘이 꾸무럭하긴 했다. 사무실에 가서 우비를 챙겨 나와야 하는데 들어가기가 싫었다.

"난 이번 주까지만 일한다."

태호가 다 먹은 하드 막대기를 배달 통 안으로 휙 던졌다.

"왜?"

"그냥 재미없어서."

"돈을 재미로 버냐."

"엄마도 하지 말라 그러고."

엄마 얘기를 꺼내면 나는 할 말이 없다. 나쁜 새끼, 지가 언제부터 엄마 말을 그렇게 잘 들었다고. 하긴 태호는 돈이 별로 급하지 않았다. 오토바이에 들어가는 돈까지 엄마한테 손 벌리기 싫다고 가끔 알바를 하긴 했지만, 안 해도 그만이었다. 나하고는 처지가 달랐다.

"종민아, 우리 오기 전에 있었다는 형 있잖아."

"어, 아파서 그만뒀다는 형?"

"아까 사무실에서 들었는데, 그 형 배달 나가다 버스에 받혔대. 비 오는 날 사거리에서 신호 째고 달리다가."

"미친, 죽으려고 아주 환장을 했구만. 그래서? 많이 다쳤대?"

"죽었대."

중환자실에 열흘 넘게 있다 결국 그렇게 돼서 형들끼리 장례식장에 다녀온 모양이라고 했다. 태호가 갑자기 일이 재미없어진 이유를 알 것 같았다.

콜이 떴다. 오늘 처음 뜨는 콜이었다.

하와이돈가스.

"내가 간다, 하와이."

나는 콜 버튼을 누르고 시동을 걸었다. 계속 죽은 형 얘기나 하면서 있을 수는 없었다.

"기다려. 우비 갖다줄게."

태호가 사무실로 들어갔다. 비는 오는 둥 마는 둥 했다. 이 정도면 비를 맞는 편이 오히려 나았다. 우비를 입으면 땀이 차고 더 더웠다. 얼른 갔다 오려고 그냥 찻길로 나섰다.

나는 그 형 얼굴이 또렷이 생각났다. 스페인이랑 축구 평가전이 있던 날, 사무실에서 형이 나한테 그랬다. "짜식, 오토바이 좀 탔나 보다?" 형은 날도 더운데 뜨거운 믹스커피를 타서 호호 불면서 마셨다. 철규 형이 안 덥냐고 묻자 "어, 나는 원래 몸이 차." 하고 대답했다. 나중에 다시 일하러 왔을 때 그 형만 안 보이길래 아파서 그만둔 형이 그 형이구나 짐작했다. 어디가 많이 아픈가 잠깐 궁금했고 곧 잊어버렸다.

빗방울이 조금 굵어졌다. 헬멧이라도 쓰고 나올걸 후회가 됐다. 사무실에서는 헬멧을 써라 마라 누구도 간섭하지 않았다. 그냥 다 자기가 알아서 했다. 딱지를 떼이든, 사고가 나든, 어차피 뒷감당도 다 자기가 알아서 해야 했다.

빗물이 머리카락을 타고 눈으로 흘러내렸다. 빨간불에 걸려 멈춰 섰다. 팔뚝으로 눈가를 문질러 닦았다. 정지선 앞에 자동차들이 나란히 서 있었다. 자동차 안의 사람들은 아무도 비를 맞지 않았다. 창에 빗물이 어른거려 잘 보이진 않았지만 사람들이 웃고 있는 것 같았다. 신호가 초록불로 바뀌었다. 액셀을 당기는데 오토바이가 휘청했다. 길이 미끄러웠다.

느지막이 일어나 은주를 보러 갔다. 내 집처럼 드나들던 피자집인데 며칠 걸렀다고 문짝부터 낯설었다. 아저씨가 주방에서 고개를 쑥 내밀었다.

"아침 먹었냐?"

"안 먹었어요."

가스레인지 위에 프라이팬 올리는 소리가 들렸다. 홀에는 손님이 한 명도 없었다. 은주는 나를 힐끗 보더니 계속 피자 상자만 접었다. 그래도 손에 반지를 끼고 있었다.

철규 형이 예전에 피자집으로 날 찾아왔을 때 그랬다. 배달 대행만큼 정직한 직업은 세상에 또 없다고. 많이 일한 사람은 많이, 적게 일한 놈은 적게, 딱 자기가 일한 만큼 가져가기 때문이라고. 열심히만 하면 하루에 십만 원도 거뜬히 당길 수 있다고.

하지만 매일같이 십만 원을 버는 건 불가능했다. 날씨는 좋았다 나빴다 했고 배달도 많았다 적었다 했다. 비가 오면 속도를 낼 수 없어 배달 시간이 두 배로 걸렸고 그만큼 수입이 줄었다. 내가 열심히 하지 않아서가 아니었다.

내 손에 들어왔다고 다 내 돈도 아니었다. 날마다 기름 넣고,

오토바이 빌린 값 내고, 배고프면 밥 사 먹고, 덥고 목마르면 편의점 들어가 음료수 사 마시고, 그러다 보면 하루에 몇만 원이 우습게 사라졌다. 박 사장 아저씨랑 일할 때는 한 푼도 들지 않던 돈이었다.

태호는 나보고 박 사장 아저씨한테 다시 가라고 했다. 세상에 아저씨 같은 사람 없다면서 돈이 전부가 아니라고 했다. 뭘 모르고 하는 소리였다. 할머니랑 나한테는 돈이 필요했다. 아무리 아저씨가 세상에 둘도 없는 좋은 사람이라 해도 남들 다 받는 시급만큼도 못 받고 계속 일할 수는 없었다. 나는 아저씨한테 솔직하게 털어놓을 생각이었다. 최저 시급만 맞춰 달라고, 그럼 다시 와서 일하겠다고. 큰 욕심은 버릴 수 있었다. 오토바이는 나중에 사도 괜찮았다. 사실은 나도 아저씨와 은주 옆으로 돌아오고 싶었다.

아저씨가 밥 위에 달걀부침을 세 개나 얹어 내왔다. 달걀 위에 케첩도 잔뜩 뿌려져 있었다. 나는 밥을 크게 한 숟갈 퍼서 입 속에 밀어 넣었다.

"일 잘하고 있지?"

"네."

"그래, 거기서 일 잘 배워 둬. 요즘 그게 뜨는 모양이더라."

"……."

"이 동네 가게들 봐도 중국집 빼고는 아예 배달을 안 구해. 사람 쓸 만큼 배달이 많지도 않고, 사고 나면 뒤치다꺼리 힘들고 하니까. 근데 배달을 대신 해 준다니 얼마나 좋아. 누구 아이디언지 진짜 기발해. 종민이 너도 생각 잘한 거야."

아저씨는 역시 젊은 애들이 머리가 빨리빨리 돌아간다면서 자꾸만 나를 칭찬했다. 밥이 목에 걸려 넘어가지 않았다.

은주랑 같이 나왔다. 아저씨가 은주보고 잠깐 바람 좀 쐬고 오라고 했다. 밖에는 바람이 불지 않았다. 어디 들어가 시원한 거라도 마실까 했는데 은주가 그냥 걷자고 했다. 걷기에는 날이 너무 더웠지만 아무 말 하지 않았다.

"망할 거면 빨리 망했으면 좋겠어."

인류 종말 얘기인가 했더니, 피자집 얘기였다.

"나도 딴 데 가서 돈 받고 알바 좀 하게."

아버지가 사장이면 좋을 줄 알았는데 아니었나 보다. 하긴 가족끼리는 돈 안 주고 일을 시켜도 어디 가서 신고도 못 한다. 은주는 자기네 가게가 진짜로 금방 망할 거 같다면서 희망이 보인다고 했다.

"내가 알바해서 돈 벌면 제일 먼저 네 반지 사 줄게."

은주가 날 돌아보며 말했다. 진심인 듯했다. 나는 고맙다고 할까 하다가 말았다. 아저씨 가게가 망하고 은주가 다른 가게에서 일한 돈으로 내 반지를 사 주는 게 고마운 일인가. 솔직히 조금도 고맙지 않았다. 아저씨 가게가 그 자리에 없다고 생각하면 가슴이 철렁 내려앉았다. 태호가 말해 주지 않았어도 나는 진작 알고 있었다. 박 사장 아저씨 같은 사람은 세상에 많지 않다. 아저씨 옆에서는 일하는 게 무섭지 않았다. 한 번도 배고프지 않았고, 실수해도 괜찮았고, 조바심치며 달릴 필요도 없었다. 나는 그동안 정말 운이 좋았다.

휴대폰을 꺼내 들여다봤다. 철규 형 이름으로 부재중 전화가 세 통 찍혀 있었다. 사실 아까부터 진동이 울렸지만 무시하고 받지 않았다. 내가 말도 없이 일을 안 나가서 형은 지금 잔뜩 열이 뻗쳐 있을 것이다. 나는 바로 출발한다고 형한테 문자를 보냈다. 이제는 갈 데가 거기밖에 없었다. 은주를 피자집 앞까지 데려다주고 사무실로 가는 마을버스를 탔다.

"이 새끼 이거."

철규 형이 나를 노려봤다. 달걀밥 먹은 지 얼마 안 됐는데 또 허기가 졌다. 뭔가가 쑥 빠져나가 배 속이 텅 빈 것 같았다. 나는 형한테 오토바이 빌리는 값 만 원을 내고 열쇠를 받았다. 밖에 나와 오토바이에 올라타다가 다시 사무실로 들어가 구석에 있는 헬멧을 들고 나왔다. 나는 지금껏 운이 좋았지만 앞으로도 그럴 거라 자신할 수가 없었다. 아니, 내 몫의 운을 모조리 써 버린 것 같아 더는 배짱부릴 마음이 들지 않았다. 심장이 조용히 숨죽인 채 뛰고 있었다. 날은 여전히 무더웠고 콜은 아직 뜨지 않았다. 나는 천천히 헬멧을 눌러썼다.

최영희 … 단추인간 보고서

단추인간에 대한 최초의 기록은 고대 이집트의 무덤에서 찾을 수 있었다. 나일강 서쪽에서 발견된 이 무덤의 주인은, 투트모세 3세가 후기 정복 전쟁 중에 낳은 사생아라는 설이 있으나 정확한 사료는 없다. 우리가 주목해야 할 것은 소년의 혈통이 아니라 무덤 벽화에 남아 있는 소년의 형상이다. 자칼 머리 아누비스 신과 마주 선 소년은 영혼의 심판을 기다리는 중이었다. 기록에 따르면 열세 살에 불과한 어린 나이지만 소년은 아누비스의 눈길에 조금도 주눅 든 기색이 없다. 외려 '어디 한번 탈탈 털어 보시든가!' 하는 눈길로 아누비스를 응시하고 있다.

그리고 그 당돌한 눈빛에 가려진 무엇…….

대부분의 사람들은 소년의 귀 아래 일렬로 찍혀 있는 점 두 개를 보지 못했다. 어쩌다 점 두 개에 눈길이 가도 아득한 세월이 남긴 얼룩이려니 치부해 버리는 것이다. 하지만 사실 이 점들은 붉은빛 염료로 정확한 크기와 간격을 염두에 두고 그려 넣은 것이다. 귀밑 1센티 아래 첫 번째 똑딱단추, 또 그 아래로 1센티 간격을 두고 두 번째 똑딱단추. 그건 단추인간의 표시였다. 이른 죽음을 맞이한 무덤 주인은 단추인간이었던 것이다.

무덤 주인의 이야기를 본격적으로 다룬 최초의 간행물은 2003년 봄과 초여름에 시카고 일대에서 배포되었던 타블로이드판 신문 '시카고 트리번' 창간호다. 딱 봐도 시카고 트리뷴의 아성에 업혀 가겠다는 꼼수가 느껴지는 이 신문은 5호를 끝으로 폐간되는 불운을 맞는다. 그 발단은 시카고 트리뷴의 열혈 인턴 기자가 시카고 트리번의 편집장이자 취재기자, 디자이너인 엘모 초코퍼지를 찾아가 오물을 퍼부은 사건이라는 말이 있었다. 물론 공식적인 기록은 아니었고, 인턴 기자가 단골 선술집 바텐더에게 털어놓은 사담에 불과하긴 했지만 말이다.

"이름에서 젖비린내 폴폴 풍길 때 알아봤어야 했는데. 그래도 〈세서미 스트리트〉 캐릭터와 초코퍼지를 좋아하는 어른들도 많으니까 혹시나 했던 거지. 기껏 열서너 살로 보이는 애더라고. 팔뚝에 해골 모양 스티커 타투를 붙이고, 누가 부르면 가운뎃손가락부터 치켜세우고 보는 그런 꼬맹이 말이야. 감히 트리뷴사를 건드린 대가가 어떤 건지 제대로 알려 줘야겠다 싶어서 밀대 걸레 빤 물을 좀 퍼부어 줬지."

하지만 거대 언론 재벌 트리뷴사를 향한 충정에도 불구하고, 인턴 기자는 계약한 날짜가 끝나자마자 트리뷴사를 떠나야 했다. 하다못해 소맷자락을 붙잡는 시늉을 해 보이는 사람도 없었고, 며칠이 지나자 시카고 트리뷴의 직원들은 인턴 기자를 까맣게 잊고 말았다.

금발 머리 인턴 기자를 기억해 주는 사람은 따로 있었다. 폐간된 시카고 트리번의 편집장인 엘모 초코퍼지였다. 인턴 기자는 시카고 트리뷴을 떠난 지 세 달쯤 후 국제우편으로 편지 한 장을 받게 된다.

당신은 단추인간이에요. 처음 만났을 때 한눈에 알아봤어요. 걱정 마세요, 저는 단추인간의 지지자니까요. 허락해 주시면 당신의 인생을 기록하고 싶어요. 언젠가 길 잃은 단추인간이 그 기록물을 보고 위로를 받을 수 있게 말이에요.

- 엘모 초코퍼지 -

그랬다. 인턴 기자가 허접한 타블로이드 신문의 발행인을 굳이 찾아간 건, 회사를 향한 충정 때문만은 아니었다. 인턴 기자는 시카고 트리번의 특집 기사가 못내 불편했던 것이다. 특집 기사는 단추인간에 대한 것이었다. 「제1호: 버려진 무덤의 주인, 단추인간으로 밝혀지다」, 「제2호: 이탈리아 고서 수집가의 서재에서 단추인간에 관한 기록물이 발견되다」, 「제3호: 행방이 묘연한 단추인간들」…….

인턴 기자는 귓불 아래쪽의 똑딱단추들을 만지작거리며 엘모 초코퍼지의 편지를 읽고 또 읽었다.

극소수의 사람들이 기억하는 바와 달리 시카고 트리번이 5호를 끝으로 폐간된 건 인턴 기자의 활약 때문이 아니었다. 당시 한 제약 회사에 근무하던 엘모 초코퍼지의 아빠가 동북아시아 총괄 팀장으로 발령이 났기 때문이었다. 회사에서 마련해 준 집은 대한민국 서울시 광진구에 있었고, 열세 살이던 엘모 초코퍼지도 아빠를 따라가야 할 상황이었다. 물론 호기롭게 버텨 보기도 했다.

"5년이라고 했죠? 그 정도는 혼자 살 수 있는 나이예요. 아빠만 가셔도 돼요. 내 걱정은 마세요. 나 믿죠, 아빠?"

하지만 열세 살 딸을 둔 아빠 맘은 또 그게 아니었다.

"시끄럽고, 빨리 짐이나 챙겨, 메건 M. 제라드!"

메건 M. 제라드는 엘모 초코퍼지의 본명이었다. 국적을 막론하고 부모가 자식의 이름을 갑자기 풀 네임으로 부른다는 건 뭔가 성질이 뒤집어졌다는 뜻이다. 결국 메건은 아빠를 따라 대한민국 서울시 광진구라는 곳에 정착해야 했다.

아빠는 메건을 국제학교가 아닌 평범한 중학교에 입학시켰다. 아빠네 회사에서 출시한 건강보조식품이 한국에서 불티나게 팔려 나가면서, 회사 차원에서 한국을 '건강보조식품 판매의 메카'로 선언한 것이다. 이에 아빠는 한국에서 사업을 확장시킬 큰 그림을 그리기 시작했고, 그 첫 단계가 딸을 현지 학교에 진학시키는 일이었다.

말도 안 통하는 타국의 중학교에 적응해야 하는 삶의 격랑 속에서도 메건은 금발 머리 인턴 기자를 잊지 않았다. 메건은 학교 앞 워커힐문방구에서 산 핑크색 편지지로 원거리 인터뷰를 시도했다. 당신은 단추인간이에요. 처음 만났을 때…… 어쩌고저쩌고. 하지만 인턴 기자에게선 끝내 답장이 오지 않았다.

그사이 2학기 중간고사 기간이 되었고, 메건은 대한민국 청소년의 시험 기간이라는 지옥을 제대로 맛보았다. 시험이 끝난 뒤에는 오답 노트를 써야 했고, 수행평가들이 끝없이 이어졌다. 메건도 아빠도 불만을 제기하지 않는 성적을 두고 제삼자인 선생들이 성을 내는 기이한 현상도 목격해야 했다. 하지만 인간은 적응의 동물이 아니던가. 아빠는 양곱창과 소주의 맛을 알아 갔고, 메건은 학원 뺑뺑이로 점철된 일상에 순응해 갔다. 단추인간을 향한 취재 열정은 잊혔고, 이집트 무덤 벽화의 소년도, 금발 머리 인턴 기자도 먼지 앉은 추억이 되었다.

급기야 2018년의 메건은 '엘모 초코퍼지'라는 이름조차 까먹은 상태였다.

"메건 티처! 태영이 또 똥 마렵대요!"

메건은 경기도 고양시의 한 초등학교에서 영어 방과 후 교사로 일하고 있었다.

"얼른 갔다 와. 똥이 참는다고 참아지냐? 아, 화장실에 휴지 없을지도 모르니까 두루마리 좀 풀어서 가."

시원시원한 성격 덕에 학생들에게 인기도 많았다. 메건도 아이들을 좋아했다. 특히 중학생이 된 제자들이 이따금 캔 커피 같은 걸 사 들고 올 때면 가슴 뻐근한 행복을 느끼기도 했다.

오늘도 애제자 손지유가 초콜릿바를 사 들고 찾아왔다. 올해 중학교에 진학한 지유는 아직 학교에 정을 못 붙였는지 사흘이 멀다 하고 방과 후 교실로 메건을 찾아왔다.

"아 씨, 짜증 나. 자기 얼굴에 대고 뻐큐 했다고 학생부장이 엄마한테 뺑을 치잖아요. 진짜 안 그랬거든요. 등에 대고 그런 건데, 하필 그 타이밍에 학생부장이 뒤돌아선 거라고요."

지유는 가운뎃손가락으로 휙휙 허공을 찌르며 오늘자 억울한 사연을 재연해 보였다.

"학생부장이랑 너랑 초장부터 삐거덕거리는 게 쯧쯧, 아무래도 두 사람 궁합이 안 맞나 보다."

메건이 사뭇 동네 할머니스러운 말투로 대꾸할 때였다. 휴대폰을 거울 삼아 머리를 정리하는 지유의 귀 주변에 뭔가가 돋아 있는 게 보였다. 지유의 귓바퀴 바로 아래 작고 둥근 모양 두 개가 솟아 있었다. 그것도 일렬로 말이다. 여드름 패치로 가려 놓았지만 메건은 단박에 그게 똑딱단추란 걸 알아보았다. 하지만 이성이 직관을 반박하고 나섰다.

'대체 무슨 뚱딴지같은 상상을 하는 거냐, 메건!'

메건은 고개를 마구 저었다. 하지만 묵은 기억 속 누군가가 소리쳤다.

'오랜만이야! 나야, 엘모 초코퍼지! 설마 단추인간을 잊은 건 아니겠지?'

"메건 쌤, 왜 그래요?"

지유가 동그란 눈을 끔벅이며 물었다.

"그게…… 중요한 약속을 깜빡했지 뭐야. 다음에 보자, 지유."

메건은 서둘러 집으로 향했다.

봉인된 기억과 기록들을 끄집어낼 시간이었다. 엘모 초코퍼지가 열정적으로 취재하여 시카고 트리번으로 세상에 알렸던 이야기들과 엄마의 마지막 부탁이 메건을 기다리고 있었다.

* * *

메건은 15년 만에 옛 기록들을 뒤적이기 시작했다. '시카고 트리뷴(Chicago Tribune)'에서 마지막 알파벳 e를 뺀 '시카고 트리번'을 마주했을 때는 그야말로 손발이 다 오그라드는 느낌이었다. 시카고 트리번은 엄마가 돌아가신 뒤에 엘모 초코퍼지가 처음으로 벌인 프로젝트였고, 아빠는 딸의 사기 진작을 위해 그 말도 안 되는 타블로이드 제작을 물심양면으로 도왔다. 엘모가 취재, 원고 작성, 편집까지 혼자 끝낸 것을 아빠가 인쇄소에 부탁해서 찍은 다음, 시카고 도심에서 사람들에게 무료로 나눠 주는 게 전부였다.

창간호 특집 기사였던 「버려진 무덤의 주인, 단추인간으로 밝혀지다」의 마지막 단락은 다음과 같았다.

안타깝게도 소년의 정확한 이름은 전해지지 않는다. 무덤 주인의 생애를 기록한 상형문자 대부분이 발굴 당시의 어처구니없는 사고로 파괴되었기 때문이다. '학술적 가치'(재수 없으면 시험지에서 마주칠지도 모르는 내용이라는 뜻. 해석: 엘모 초코퍼지)가 있는 무덤을 발굴하면서 다이너마이트를 사용했던 것이다. 결국 발굴팀장은 대학에서 추방당했고, 우리는 소년의 이야기를 영영 들을 수 없게 되었다.

메건이 옛 기록들을 읽어 가던 그 시각, 손지유는 방에서 엄마와 대치 중이었다. 학생부장에게 손가락욕을 날린 일이 발단이었다.

"중학생 됐다고 갑자기 이리 달라져도 돼? 너 내 딸 손지유 맞아?"

엄마는 밤샘 토론도 불사하겠다는 듯 지유 침대에 걸터앉았다. 지유는 보란 듯이 헤드셋을 썼다. 지유야말로 묻고 싶었다. 대체 나한테 무슨 일이 벌어지고 있는 건지……. 지유는 귓불 아래를 더듬고 싶은 걸 꾹 참았다. 귓바퀴 아래 돋아난 덩어리 두 개, 그리고 덩어리들 사이의 피부 틈새…….

지유의 긴 침묵에 한숨으로 응수하던 엄마가 마침내 백기를 들었다.

"사춘기도 좋고 다 좋은데 멋대로 구는 건 용납 못 해. 엄만 너 그렇게 안 키웠다."

엄마가 나가자마자 지유는 문을 잠그고 거울 앞에 섰다. 왼쪽 귓불 아래 둥근 덩어리들이 점점 또렷해지고 있었다. 덩어리가 처음 만져졌을 때만 해도 여드름이 돋았으려니 했다. 하지만 덩어리들은 완벽에 가까운 원형이었고 크기도 자로 잰 듯 똑같았다. 게다가 덩어리들 사이의 피부가 살짝 벌어져 있었다.

침대에 누워도 왼쪽 귓불 아래에 온 신경이 쏠렸다. 손끝으로 덩어리들 사이의 피부를 살짝 들추자 저 안쪽으로 서늘한 바람이 새 드는 느낌이 났다. 지유는 피부 틈새로 검지를 조심조심 밀어 넣었다. 첫마디까지는 수월하게 들어가더니 그다음부터는 틈새가 좁아지며 검지가 더 이상 들어가지 않았다. 피부는 더 깊은 데까지 벌어져 있는데 둥근 덩어리들로 피부의 아래위쪽이 고정되어 있는 느낌이었다. 똑딱단추를 채운 것처럼 말이다.

인체에 대해 깊이 공부한 적은 없지만 사람의 피부가 쉽게 들춰지지 않는다는 것쯤은 지유도 알고 있었다. 그럼 이건 뭐야. 틈새 안쪽에 뭐가 있는 건데. 시트지처럼 들춰지는 피부를 확 걷어내고 나면 난 어떻게 되는 거냐고.

혼자 감당하기에는 벅찬 문제였다. 누군가에게 털어놓고 싶은 마음과 끝끝내 감추고 싶은 마음 사이를 오가던 지유는 마침내 김루를 떠올렸다. 김루로 말할 것 같으면 모든 말을 미심쩍게 구사하는 희한한 능력을 지닌 아이였다. 예를 들어 '개는 동물이다.'라는 명제조차 김루의 입을 거치면 그 진위가 애매해지는 것이었다. 그래서 김루에게 그 명제를 전해 들은 사람들은 대개 이런 반응들을 보인다. '개가 동물이었어?' 그런 김루라면 이 문제를 털어놓아도 괜찮을 듯했다. 혹시 김루가 지유의 비밀을 누설한다 해도 남들 귀에는 헛소리로 들릴 테니까.

다음 날 아침 지유는 서둘러 집을 나섰다. 하지만 김루에게 가는 길은 순탄치 않았다. 정문을 통과하던 중에 학생부장 앞으로 불려 간 것이다.

"손지유, 한 바퀴 돌아 봐."

"학생부장 샘이 이래도 돼요? 복장에 문제가 있으면 불러야지, 일단 불러 놓고 문제를 찾는 게 말이 돼요?"

어제 손가락욕 사건의 뒤끝이란 걸 알면서도 지유는 그리 받아쳤다.

여기서 어제 손가락욕 사건을 학생부장 입장에서 되짚어 볼 필요가 있다. 자칫 그저 그런 학교 이야기로 치부되어 역사의 뒤안길로 사라질 뻔했던 이 사건은 훗날 메건이 엘모 초코퍼지라는 필명으로 출간한 『주변인들』에 당당히 기록되기에 이른다.

학생부장들이 세상에서 가장 싫어하는 세 가지가 뭔지 아세요? 1학년, 2학년, 3학년. 학생들이라면 이놈 저놈 할 것 없이 죄다 꼴이 보기 싫은 거죠. 누굴 봐도 '잘못된 구석'부터 눈에 띄거든요. 일종의 직업병이죠. 그런데 가끔은 순수한 감동을 안겨 주는 아이를 만나기도 해요. 그날 아침 손지유가 그랬어요. 줄이지 않은 교복 치마에 두툼한 기모 스타킹, 화장기 없는 얼굴에 자로 잰 듯 가지런히 자른 머리. 신입생 티를 폴폴 풍기는 그 녀석이 어지간히 반갑더라고요. 좀비 디스토피아에서 혼자 버티다가 또 다른 생존자를 만난 기분이랄까요. 반가운 마음에 녀석의 머리를 쓰다듬었더니, 이 녀석이 아주 경기를 하면서 제 손을 뿌리치지 뭐예요. 좀 민망하긴 했지만 그래도 녀석이 밉진 않았어요. 오히려 귀여웠죠. 그래서 한 번 더 쳐다봤더니 녀석이 가운뎃손가락을 치켜들고 있더군요. 손지유도 징글징글한 좀비였어요. _『주변인들』 39쪽 「학생부장 인터뷰」

사실 지유가 학생부장에게 손가락욕을 날린 건 왼쪽 귓바퀴 때문이었다. 지유의 머리를 쓰다듬던 학생부장의 손이 지유의 귓불 근처를 스쳤던 것이다. 똑딱단추 같은 게 돋아 있고 틈새가 벌어져 있는 거기 말이다. 지유 입장에선 학생부장의 손을 뿌리칠 수밖에 없었고, 그러고도 기분이 나빠서 가운뎃손가락을 치켜들게 된 것이다. 당신이 뭔데 내 비밀을 건드려!

김루를 만나야 한다는 것도 까먹은 채 지유는 학생부장을 노려보고 서 있었다. 학생부장도 푸석한 단발머리를 귀 뒤에 꽂으며 지유를 쏘아보았다. 둘의 대치 상황 덕에 '복장 불량' 범주에 들어가는 학생들이 교문을 무사히 통과했고, 김루도 48색 색연필 세트를 품에 꼭 안고서 두 사람 곁을 지나쳤다. 다만 지유의 친구 한세빈이 이 위태위태한 투샷을 휴대폰 카메라에 담아내는데, 이는 훗날 『주변인들』이란 책의 표지 사진이 된다.

대부분의 사건들이 그렇듯 한세빈이 두 사람의 사진을 찍은 건 우연과 필연이 적절히 배합된 결과였다. 우선 한세빈과 손지유는 초등학교 친구 사이였다. 한세빈이 아는 지유는 숙제 노트를 두고 온 날이면 세상이 망한 듯 발을 동동거리고, 스승의 날에는 꼭 담임에게 손편지를 선물하는 그런 아이였던 것이다. 그런 지유가 학생부장을 째려보다니! 이건 예사 사건이 아니었다. 이런 필연적인 끌림에 최신형 휴대폰이라는 우연이 더해진다. 한세빈은 중학교 입학 선물로 받은 최신형 휴대폰에, 그중에서도 고화질 카메라에 폭 빠져 있었던 것이다. 뭐든 닥치는 대로 찍고 다니던 한세빈은 마침내 지유와 학생부장의 역사적인 투샷을 남기게 되었다. 이 사진이 역사적 가치를 지니는 이유는 손지유의 왼쪽 귓불 아래가 또렷이 찍혔기 때문이다.

막강한 상대의 눈길을 주눅 들지 않고 받아치는 모습은 묘하게도 그 옛날 아누비스 신과 마주 서 있던 이집트 무덤 주인과 닮아 있었다.

* * *

지유가 교실에 들어섰을 때 김루는 색연필 이야기를 하고 있었다. 색연필 일러스트 동아리에 들어간 김루를 위해, 아빠가 해외 출장 선물로 사 온 기내 면세품이라 했다. 하지만 높낮이가 없는 말투와 정신없이 희번덕거리는 눈길이 이야기의 신빙성을 떨어뜨리고 있었다. 그래도 김루는 색연필이 48색 세트라는 점까지 소개한 뒤에야 말을 마쳤다.

지유가 김루 옆에 앉았지만 관심을 가지는 아이들은 없었다. 색연필 이야기에 질려 버린 아이들이 김루 쪽으로는 눈길조차 주지 않았던 것이다.

"김루야, 내 말 좀 들어 봐 봐."

지유는 자신의 귓불 밑에서 벌어지는 증상들을 아무렇지 않은 듯 털어놓았다. 애초에 지유가 생각한 김루의 용도는 대나무숲이었다. 임금님 귀는 당나귀 귀! 내 왼쪽 귓불 아래 똑딱단추가 돋아났다! 뭐든 말해 버려도 상관없는 대나무숲 말이다.

이야기를 듣는 내내 김루의 표정은 진지하기 그지없었다.

"그것들을 양쪽으로 잡아당기면 똑딱단추 풀리듯이 피부가 풀어질 것 같다는 거지?"

"응."

지유는 여태 여드름 패치들로 가리고 있던 걸 김루에게 슬쩍 보여 주었다. 그러자 김루가 불안하게 주변을 살피며 목소리를 낮추었다.

"비슷한 걸 책에서 본 적 있어. '세상에 저런 미스터리가' 시리즈 중 한 권이었던 것 같은데. 전에 우리 아빠가 지방 출장 선물로 고속도로 휴게소 서점에서 사다 준 건데, 집에 가서 찾아볼게."

물론 지유는 김루의 말을 믿지 않았다. '세상에 저런 미스터리가'라는 시리즈가 있을 것 같지도 않았고, 색연필에 이은 김루네 아빠의 출장 선물 스토리도 미심쩍었기 때문이다.

하지만 다음 날, 김루는 정말로 책을 가지고 왔다. 『세상에 저런 미스터리가 제3권』. 세상에 떠도는 허무맹랑한 소문들을 조악한 사진 자료와 함께 짜깁기해 놓은 책이었다. 김루는 친절하게도 지유가 봐야 할 곳에 포스트잇까지 붙여 두었다. '허물을 벗고 사라진 카를로스'라는 제목의 페이지였다.

칠레 남부에 살던 카를로스라는 사람이 어느 날 허물을 벗고 잠적했다는 내용이었다. 책에는 카를로스가 벗어 두고 갔다는 허물 사진도 수록되어 있었다. 다이버들의 잠수복과 비슷한 형태가 거실 소파에 축 늘어져 있는 사진이었다. 카를로스의 허물은 정수리에서부터 벗겨지기 시작했으며, 부모님을 비롯한 일가친척 열두 명이 그 장면을 목격했다 한다.

「허물을 벗고 사라진 카를로스」 이야기 앞뒤로는 「하늘을 나는 돼지」와 「흡혈 괴물의 아들」 이야기가 있었다. 사진들은 하나같이 흐릿한 흑백이었다. 지유는 오만상을 찌푸렸다.

"김루, 너 설마 이것들을 진짜라고 믿는 거야? 바보야, 이거 다 가짜야."

"책 내용은 뻥일지 모르지만 책이 말하고 있는 건 진짜야."

"그게 뭔데?"

"세상에는 간 떨리는 비밀을 가지고 있는 사람들이 있다는 거. 너나 나처럼."

김루는 손끝으로 제 얼굴과 지유를 번갈아 가리키고는 말을 이었다.

"하지만 걱정할 필요 없어. 해결 방법을 찾으면 되니까. 사실 난……."

김루가 갑자기 바싹 다가앉으며 목소리를 낮추었다. 김루와 지유는 숨결이 훅훅 뺨에 와 닿을 만큼 밀착 상태였다.

"난…… 자꾸 사라져. 사람들은 내가 거기 있다는 것도 몰라. 날 깡그리 까먹어 버리는 거야. 우리 아빠도 그래. 언젠가는 내가 집에 있다는 걸 까먹고 말없이 지방 출장을 가 버린 적도 있었어."

김루의 인생에선 아빠의 출장이 차지하는 비중이 남다른 듯했다. 상황이 애초의 의도와는 다르게 돌아가고 있었다. 대나무숲이 자기 얘기를 떠들기 시작한 것이다. 하지만 지유는 김루의 이야기를 끊을 수가 없었다. 평소 같으면 사방으로 희번덕거렸을 김루의 눈빛이 오늘따라 차분했기 때문이다.

"하지만 난 방법을 찾았어. 말을 하는 거야. 뭐든 지껄이고 보는 거야. 그러면 사람들이 김루를 다시 기억해 내거든. 아빠한테도 일부러 말을 걸어. 별로 친한 사이가 아니라서 할 말이 많진 않더라고. 그래서 주로 출장 선물 얘기를 해. 이번 출장 때는 신발을 사 와라, 먹을 걸 사 와라, 그런 거. 친구들한테도 말을 걸어. 물론 걔네들하고도 그다지 할 말이 없어서 아빠 출장 선물 얘기를 주로 해."

말을 마친 김루는 자기 자리로 돌아갔다.

점심시간. 지유는 밥을 평소 반만큼만 퍼 담았지만 그마저도 먹고 싶은 마음이 없었다. 다른 사람들은 하나같이 귓불 주변이 멀끔했다. 모두들 길을 따라 걸어가고 있는데 혼자만 삐끗해서 길 밖으로 나가떨어진 것 같았다.

"김루."

한숨처럼 그 이름이 새 나오는 날이 올 줄은 지유도 몰랐다. 김루는 지유보다 먼저 길 밖으로 나가떨어진 아이였다. 녀석의 꼴을 보고 나면 그래도 입맛이 다시 돌아올 것 같은데, 김루가 보이지 않았다. 시끌벅적한 소음 가운데도 김루의 목소리는 없었다. 난 자꾸 사라져. 갑자기 녀석의 말이 떠올랐다. 그냥 비유적인 표현인 줄만 알았는데, 어쩌면 그게 아닐지도 몰랐다.

"김루! 김루! 어디 있어?"

지유는 식판에서 국이 흘러넘치는 것도 모르고 소리쳤다.

아이들의 눈길이 온통 지유에게 쏠렸지만 그중에 김루는 보이지 않았다.

"누구 김루 본 사람?"

그때였다. 반 친구들이 모여 앉은 테이블 끄트머리에서 김루가 천천히 일어나는 것이었다. 눈에 띄지 않았을 뿐, 모두가 까먹고 있었을 뿐, 녀석은 처음부터 거기 있었던 것이다.

"나 여기! 점심 맛있게 먹어, 손지유."

김루는 어색하게 손을 흔들어 보이고는 다시 식당 풍경 속으로 뭉그러져 들어갔다.

지유는 손도 안 댄 음식을 음식물 수거통에 때려 붓고 교실로 돌아갔다. 혹시나 해서 『세상에 저런 미스터리가』의 카를로스 편을 다시 읽어 보았다. 또 보아도 역시나 허튼소리 같았다. 지유는 책을 책상에 툭 던지고는 의자에 걸터앉았다. 지유는 새로운 대화 상대가 필요했다. 김루처럼 제 코가 석 자인 아이 말고, 좀 객관적으로 이 사태를 해석해 줄 사람 말이다. 이런 일의 적임자는 역시나 메건 선생님이었다. 한국과 미국을 오가며 살아온 메건은 여기에도 저기에도 친구가 없는 글로벌 외톨이였다. 김루만큼이나 대화의 안전성이 보장되면서도, 한미 양국을 오가며 주워들은 풍문은 많을 것이었다.

하지만 먼저 연락을 해 온 건 메건이었다.

종례가 끝나고 담임에게 휴대폰을 돌려받은 지유는 메건이 보내온 메시지를 보았다.

손지유, 네가 단추인간이란 걸 알아. 전에도 단추인간을 본 적이 있어. 그래서 널 알아본 거야. 시간 날 때 샘한테 연락해.

• • •

손지유와의 약속을 앞두고, 메건은 책상에 늘어놓은 자료들을 훑어보았다.

15년 전 엘모 초코퍼지가 수집한 기록들은 죄다 전화번호부만큼이나 단순했다. 어느 시대 어느 마을에 단추인간이 살았다더라, 그게 전부였다. 그나마 단추인간의 일상을 엿볼 수 있는 기록은 이탈리아의 고서 수집가 알베르토 피시날로가 소장했던 『프로 보비스 피불라(Pro Vobis Fibula)』라는 소책자다. 메건은 엘모 초코퍼지 시절에 시카고 트리번 2호의 특집으로 이 소책자를 다루기도 했다. 우리말로 직역하면 '너희 단추를 위해서'쯤 되는 이 책은 단테의 『신곡』 초기 판본들 중 「지옥」 편에, 그중에서도 단테가 오비디우스의 『변신 이야기』를 인용하는 부분에 책갈피처럼 끼워져 있었다. 간행년도는 물론 저자도 표시되어 있지 않은 라틴어 소책자였다. 그럼에도 알베르토 피시날로의 서가를 물려

받은 아들과 손자는 이 소책자를 소중히 다루었다.

하지만 세계대전의 소용돌이 속에서 피시날로 가문이 미국으로 이주하면서 소책자의 운명이 바뀌고 만다. 시카고의 흔한 알코올중독자였던 피시날로의 5대손이 가문의 고서들을 헐값에 팔아먹기 시작한 것이다. 그 와중에 『프로 보비스 피불라』도 시카고의 어린 소녀에게 넘어가고 만다. 그때 단돈 10달러에 책을 사들인 소녀의 이름은 엘모 초코퍼지였다.

라틴어를 모르는 엘모 초코퍼지는 도서관 사서였던 이웃 할아버지의 도움을 받으며 책을 읽어 나갔다. 스스로를 단추인간이라 고백한 작가는 세상 어딘가에 있을 단추인간들을 위해 이 책을 썼노라 했다. 작가는 가문의 성대한 만찬장에서도 지하의 가족묘에 혼자 갇힌 듯한 낭패감을 맛보곤 했다. 화려한 촛대는 무덤 벽에 어른거리는 횃불 같았고, 누군가가 하프시코드를 연주하는데도 괴괴한 공기에 갇혀 있는 기분이었다. 음악이 있고 웃음이 있는 그 세계에 끼어들고 싶어도 뭘 어째야 하는지 갈피를 잡을 수 없었다는 것이다. 귀밑의 똑딱단추를 더듬느라 어른들의 물음을 놓치기 일쑤였고, 만찬이 끝난 뒤에는 부모 형제의 언짢은 얼굴을 마주해야 했다. 결국 작가는 서재에 틀어박혀 지내는 걸 택했다. 『프로 보비스 피불라』는 그 서재에서 탄생한 책이다.

이렇듯 『프로 보비스 피불라』는 단추인간의 심경을 구구절절하게 묘사해 놓았지만, 정작 쓸 만한 정보는 드물었다.

이어 메건은 「버튼신드롬 사례 보고」라는 의학 논문을 펼쳤다. 물론 단추인간 관련 자료들이 그렇듯, 이 논문 역시 심사를 통과하지 못한 비공식 논문이었다. 존스홉킨스 의대 대학원생으로 알려진 저자는 휴양지에서 우연히 응급 환자를 목격한다. 종아리에 독성 해파리에 쏘인 자국이 있는 10대 환자였다. 하지만 논문 저자의 눈길을 사로잡은 것은 소년의 귀 아래 있는 기이한 흔적이었다. 재봉선이 뜯어진 봉제인형처럼 소년의 귀 아래 피부가 벌어져 있었던 것이다. 출혈이 없는 것으로 보아 최근에 입은 상처는 아니었다. 논문 저자가 벌어진 피부를 슬쩍 건드리자 소년은 발작을 일으켰다. 그때 소년은 분명한 발음으로 "내 단추 건드리지 마, 개자식아!"라고 소리쳤다.

이윽고 구급대원이 와서 소년을 데려갔고, 다음 날 논문 저자는 병원으로 소년을 찾아갔다. 하지만 소년은 짤막한 메모를 남겨 놓고 사라진 뒤였다.

날 해부실로 끌고 가려는 속셈이지? 어림없어.

-단추인간-

논문 저자는 소년이 입었던 병원복을 연구실로 가져갔지만, 피부 각질에선 별다른 점을 발견하지 못했다. 논문 저자는 그 사례 말고도 두 건의 사건을 더 기록하고 있는데, 문제는 버튼신드롬을 입증할 만한 의학적 근거가 없다는 점이었다. 버튼신드롬을 일으키는 유전자나 바이러스를 찾아내기는커녕 환자들이 하나같이 비협조적이어서 진찰조차 제대로 하지 못했다. 결국 논문은 학계의 외면을 받았고, 저자는 논문을 미국 애틀랜타의 모텔 비치용 잡지로 푼돈에 팔아넘겼다.

메건은 검토한 자료들에서 추려 낸 정보들을 따로 메모해 두었다.

- 단추는 대부분 10대 초중반에 생겨나는 것으로 보인다.
- 피부 틈새에 손을 집어넣을 때는 아무 감각이 없지만 단추를 풀려고 하면 상당한 고통이 따른다.

메건은 온갖 책자들로 어질러진 책상을 정리하기 전에 커피부터 내렸다. 진한 커피에 버터를 넣자, 고소한 향이 오피스텔에 가득 퍼졌다. 엄마가 좋아하던 버터커피였다. 버터커피를 홀짝이며 메건은 이 모든 일의 시발점을 떠올렸다. 그건 바로 돌아가신 엄마였다. 오른쪽 귓불 아래에서 목덜미 쪽으로 5센티미터 정도 봉합 흉터가 있던 엄마. 메건과 아빠는 그 흉터가 어릴 적 교통사고의 흔적이라고 알고 있었다. 하지만 말기 암 환자였던 엄마는 임종 직전에 메건에게 흉터의 비밀을 털어놓았다.

"엄마는 단추인간이란다. 물론 꿰매서 감춰 버렸지만."

엄마는 메건의 손을 자기 귓불 아래로 가져갔다. 그날 메건은 엄마의 피부 안에 숨어 있던 작고 동그란 단추를 처음 만져 보았다. 엄마에게 단추가 생긴 건 열세 살 생일 무렵이었다고 했다.

"내가 누군지 들여다보는 게 겁났다. 이 고민을 나눌 사람도 없었지. 나와 같은 증상을 보이는 사람들이 있다는 소문을 어디선가 듣긴 했지만 찾아 나설 엄두가 안 났어. 혹시라도 단추인간인 게 알려지면 사람들의 구경거리로 전락할지도 모르니까. 그래서 혼자 끙끙거리며, 길을 잃은 기분으로 살아왔어. 메건, 살다가 혹시라도 나 같은 단추인간을 만나거든 길을 찾도록 도와주렴."

엄마는 그 말을 남기고 눈을 감았다.

메건은 버터커피를 마저 마시고는 자료들을 차근차근 정리했다.

손지유는 『세상에 저런 미스터리가』라는 책을 가지고 와서는 「허물을 벗고 사라진 카를로스」 편을 보여 주었다.

"내 증상을 아는 친구가 빌려준 거예요."

"이 사람이 단추인간일 가능성은 없어 보여. 귓불 아래가 멀쩡하잖아. 하지만 책의 콘셉트 자체는 나쁘지 않네. 가끔은 괴담이 어떤 사건의 변형된 서사일 때도 있거든. 누군가 실제 있었던 이야기를 과장하고 가공해서 퍼뜨린 거지."

지유는 메건이 구워 준 토스트 귀퉁이를 찢고 있었다. 눈길은 메건과 책장 사이의 애매한 공간에 묶여 있었고, 제 교복 치마에

토스트 가루가 쌓여 가는 줄도 모르고 있었다. 메건은 잠시나마 엄마의 어린 시절을 가늠할 수 있었다. 자신이 단추인간이라는 걸 깨달은 열세 살의 엄마. 어릴 적 메건은 엄마가 딴생각에 빠져 있다고 느낄 때가 많았다. 메건과 아빠의 이야기를 건성으로 들었고, 축하할 일이 있는 날에도 혼자 생각에 잠겨 있곤 했다. 메건은 이제야 그 이유를 알 것 같았다. 엄마는 손지유만 한 나이였을 때 길을 잃었던 것이다. 엄마를 지배한 건 눈앞의 현실이 아니라 귓불 아래서 시작된 수상한 조짐이었다. 메건은 지유를 돕고 싶었다. 하지만 방법을 모르긴 메건도 마찬가지였다.

"가능성은 둘 중 하나예요. 희귀 병에 걸렸거나, 손지유가 아닌 다른 존재로, 어쩌면 인간 아닌 무엇으로 변해 가고 있거나. 내가 자꾸 딴사람이 돼 가는 것 같다고 엄마가 그랬는데, 그 말이 사실이었는지도 몰라요."

지유는 제 귓불 아래를 더듬었다.

"병원에 가 볼 생각은 안 해 봤어?"

"이게 흔한 피부 질환이 아니란 것 정도는 나도 안다고요. 단추를 풀고 피부를 들췄다가 끔찍한 일이 벌어지면 어떡해요? 이상한 게 거기 들어 있을지도 모르잖아요. 그리고 원래대로 돌아가지 못하면 그 모습으로 살아야 하는 거잖아요."

지유는 한참 동안 말없이 토스트만 찢어발겼다.

"내가 전에 봤다는 단추인간…… 우리 엄마야."

메건은 엄마의 사진을 지유에게 건네주었다. 무슨 퍼레이드가 한창인 축제장에서 엄마가 대여섯 살의 메건을 품에 안고 있는 사진이었다.

"사진으로는 잘 안 보이는데, 사실 엄마의 목덜미에는 긴 흉터가 있었어. 그리고 흉터의 시작과 끝 부분에 동그랗게 피부가 솟아난 부분이 있었어. 그게 단추였다는 걸 엄마가 돌아가시기 직전에 알았어."

지유는 사진을 유심히 들여다보다가 입을 열었다.

"흉터가 있었다는 건 피부 틈새를 꿰맸다는 거네요. 그것도 좋은 방법이네요. 피부가 찢어져서 꿰맨 거라고 둘러대면 그만이니까."

"그래도 엄마는 늘 거기에 정신이 팔려 있었던 것 같아. 남들 눈을 속인다고 끝나는 문제는 아니니까."

"그럼 샘은 내가 단추를 잡아 뜯고 이 안에 뭐가 있는지 들여다봐야 한다는 거예요?"

"잘 모르겠어. 내가 모은 자료 어디에도 단추를 풀었다는 단추인간의 이야기는 없었거든."

가능성은 여러 가지였다. 단추를 푼 사람이 없었을 수도 있고, 단추를 푼 사람들이 자신의 이야기를 남길 기회조차 갖지 못하고 잘못되었을 수도 있다. 또 단추를 푼 이들이 모종의 이유로 침묵을 택했을 수도 있고, 메건이 찾아내지 못했을 뿐 실제로는 단추를 푼 사람들의 기록이 있을 수도 있다. 메건으로선 진실을 확인할 길이 없다. 메건이 아는 건 단추인간들이 길을 잃은 기분으로 살았다는 사실이다.

엄마도 그랬다. 메건과 아빠 곁에 있을 사람이 아닌데 차원의 중첩으로 우연히 그 자리에 던져진 사람 같았다. 가끔씩 허공을 향해 눈을 끔뻑거리던 엄마는 영락없이 방향감각을 상실한 사람의 얼굴이었다.

사실 엄마의 벅찬 유언 때문에 메건이야말로 지금껏 길을 헤매며 살아왔다. 어린 메건은 엄마의 죽음을 슬퍼하는 대신 엘모 초코퍼지로 변신해야 했으니까. 엘모 초코퍼지 노릇을 그만둔 뒤로, 엄마의 죽음과 메건 사이에는 허물다 만 벽이 있었다. 엄마의 마지막 부탁을 들어주지 못했다는 자괴감에 엄마의 죽음을 제대로 들여다볼 수 없었던 것이다.

길 잃은 단추인간에게 필요한 것과 삶의 방향을 잃어버린 메건에게 필요한 건 어쩌면 다른 게 아닐지도 몰랐다. 길을 찾는 데 필요한 방위, 바뀌지도 흔들리지도 않는 방위. 걸스카우트였던 메건은 캠핑을 갔다 하면 '길 찾기 배지'를 따 오곤 했다. 나뭇잎과 클립으로 나침반을 만들기도 했지만, 메건이 가장 좋아하는 방법은 따로 있었다. 아침에 해가 솟아오른 방향을 기억해 두는 것이다. 해 뜨는 곳……. 온갖 추측과 불확실한 정보들을 모두 걷어 내고 남는 명백한 진실!

"저 갈게요. 샘도 속 시원히 아는 건 없네요. 그래도 다른 단추인간 이야기를 들으니까 맘은 좀 놓여요. 내일 또 올게요, 샘."

맘이 놓인다는 말과는 달리 가방을 메는 지유는 우거지죽상이었다. 메건은 정리해 둔 자료 몇 가지를 지유의 가방에 넣어 주며 뭔가를 속삭였다.

"이것만 기억해……."

• • •

지유는 내일 또 가겠다는 약속을 지키지 않았다.

선생님이 똑 부러지는 해결책을 주지 않아서가 아니었다. 마지막에 귀에 속삭인 말 때문이었다.

"이것만 기억해 둬, 지유. 단추는 누가 뭐래도 네 거야."

그건 마치 '해는 동쪽에서 뜬다'는 말만큼이나 하나 마나 한 소리였다. 단추가 누구 건지 몰라서 찾아간 게 아닌데 말이다.

하루하루 시간이 지났다. 김루는 여전히 풍경 속에 뭉그러져 있다가 이따금 밑도 끝도 없는 이야기로 제 존재를 증명했다. 학생부장은 푸석한 단발머리를 휘날리며 정문에서 학생들을 맞았다. 반 친구들은 지유와 김루를 커플로 몰아갔다. 훗날 엘모 초코퍼지는 『단추인간 보고서』에서 이 상황을 다음과 같이 서술하게 된다.

사실 지유가 김루와의 사이를 적극 부정하고 나섰다면 커플설을 초기에 잡을 수 있었을 것이다. 하지만 지유는 말들이 떠돌아다니게 내버려 두었다. 그 무렵 지유는 왼쪽 귓불 아래서 벌어지는 일들에 온 신경을 빼앗긴 상태였기 때문이다. 그건 단추인간의 숙명이기도 했다. 단추인간들은 일상에 집중하기가 어려웠다. _『단추인간 보고서』 117쪽

일은 집에서 터졌다. 엄마가 지유의 단추들을 봐 버린 것이다. 그날따라 지유는 방문 잠그는 것을 깜빡했고, 세탁한 교복 셔츠를 건네주러 왔던 엄마는 오랜만에 딸의 얼굴을 보았다. 귀에 이어폰을 꽂고 침대에 누워 있던 지유는 무방비 상태에 가까웠다. 귓불 아래를 가릴 틈도 없었다. 지유가 엄마를 발견하기도 전에 엄마의 손이 지유의 목덜미에 먼저 닿았으니까.

"목이 왜 이래?"

한바탕 난리가 났다. 자해, 학교폭력, 피어싱 등등 엄마는 온갖 추측들로 지유를 추궁했다. 지유는 그 모든 의혹에 조곤조곤 반박했다. 무려 30분 가까이 지유의 귓불 아래를 만져 보고 들춰 보던 엄마는 내일 아침에 큰 병원에 가 보자는 말을 남기고 퇴장했다.

선택의 시간이 오고야 말았다. 엄마랑 병원에 가서 틈새를 봉합하거나 단추를 풀거나……. 메건 말처럼 그건 지유의 단추였다. 풀 것인지 말 것인지 결정하는 건 지유였다. 메건이 정리해 준 자료도 별 도움이 되지 않았다. 다른 단추인간들이 어떻게 살았건, 그건 지유의 인생이 아니니까.

늦은 밤, 지유는 메건과 김루에게 문자를 보냈다. 이 단추를 풀면 어떻게 될지, 그 안에 뭐가 있을지 마지막으로 두 사람의 생각을 들어 보고 싶었다. 몇 분 뒤 차례로 답이 도착했다.

드디어 간 떨리는 비밀을 건드릴 생각이군. 뭐든 해결 방법을 찾으면 되니까 카를로스처럼 잠적하진 마. 내일 초콜릿 갖다줄게. 아빠가 출장 갔다가 사 왔어.

단추는 누가 뭐래도 네 거야. 그 누구도 너에게 선택을 강요하거나, 네 단추를 건드릴 순 없어.

둘 다 결국엔 '네가 알아서 하라'는 말이었고, 그 이상의 답은 없다는 걸 지유도 알고 있었다. 지유는 침대에 드러누웠다. 단추를 풀고 끝내야 한다는 생각과, 감당할 수 없는 일이 벌어질지 모르니 틈새를 꿰매야 한다는 생각이 갈마들었다. 똑딱단추와 그 안에 감춰진 것……. 두 가지만 남겨 놓고 나머지 세계가 슬그머니 후퇴하는 느낌이었다. 이 혼란스러운 와중에 지유는 메건의 말을 떠올렸다.

단추는 누가 뭐래도 네 거야.

그 하나 마나 한 소리가 지유와 멀어지던 세계를 이어 주었다. 단추가 지유의 것이듯, 앞으로 무슨 일이 벌어지더라도 이건 지유의 인생이었다.

새벽 두 시. 지유는 옷을 벗어 던지고 숨을 깊이 들이마셨다. 한참 동안 첫 번째 똑딱단추를 만지작거리던 지유는 이를 악물고서 피부를 양쪽으로 잡아당겼다.

"으윽!"

살점이 뭉텅이로 떨어져 나가는 느낌과 함께 투둑! 단추가 풀렸다. 두개골을 덮은 살갗이 헐거워진 느낌이 들었다. 지유는 심호흡을 하고는 아래쪽 똑딱단추도 양쪽으로 잡아당겼다. 앙다문 입술에서 피 맛이 확 번지더니 투둑! 두 번째 단추도 풀렸다. 칼날이 살갗을 긋고 지나간 듯 예리한 통증이 일면서 상반신 쪽 피부가 느슨해졌다.

단추를 다 풀고 나자 피부 틈새는 10센티 정도로 늘어났다. 지유는 피부 틈새의 양쪽 끝에다 양손 손가락을 밀어 넣은 다음 힘껏 피부를 잡아당겼다. 그러고는 허물을 벗듯 틈새로 머리부터 빼냈다. 머리와 목을 빼낸 다음에는 허물을 어깨 아래쪽으로 밀어 내렸다. 등허리에 이어 골반과 두 다리가 차례로 허물에서 빠져나왔다.

허물을 벗어 던진 지유는 그대로 바닥에 주저앉고 말았다. 흐릿한 시야 너머로 제 몸이 보였지만 몸의 감각들이 둔했다. 침대에 눕고 싶었지만 몸이 말을 듣지 않아 숨만 몰아쉬고 있었다.

'그냥 꿰맸어야 했어.'

후회가 밀려올 즈음 온몸의 감각이 되살아나기 시작했다. 시야도 차차 선명해졌다. 투명한 점액질에 싸인 살갗이 말도 못하게 쓰라렸고, 턱이 덜덜 떨릴 정도로 추웠다. 지유는 손을 뻗어 침대에 있는 이불을 끌어당겨 몸을 덮었다.

이불의 온기에 점액질이 허옇게 말라붙기 시작했다. 지유가 벗어 던진 허물은 얇은 비닐을 뭉쳐 놓은 것처럼 쪼그라들었다. 지유는 이불로 몸을 감싼 채 통증과 한기가 잦아들기를 기다렸다. 새벽녘, 윗집 고양이 우는 소리가 들려올 무렵엔 몸이 제법 따뜻해진 상태였다. 지유는 침대 모서리를 붙잡고 일어서서 거울 쪽으로 갔다. 하지만 살갗의 아릿한 통증에 걸음걸이가 자꾸만 휘우듬해졌다.

거울 속에 지유가 있었다. 얼굴과 머리카락에 온통 허연 얼룩들이 묻어 있긴 했지만 그래도 지유였다. 왼쪽 귓불 아래가 멀끔해졌다는 사실만 빼면 어제까지 거울 속에서 마주하던 그 얼굴 그대로의 지유였다.

간 떨리는 비밀의 시간이 끝나 가자 여린 햇살이 치고 들어왔다. 침대에 걸터앉아 그 소리 없는 교대식을 지켜보던 지유는 문득 허기를 느꼈다. 김루 녀석, 초콜릿 안 가져오기만 해 봐…….

아침에 엄마는 목덜미가 말짱해진 지유를 보았다. 그 큰 상처가 하룻밤 사이에 어떻게 아물었는지 못 믿겠다는 눈치였다.

"너 요즘 진짜 이상해. 너 때문에 하루에도 열두 번씩 가슴이 철렁한다니까. 내 딸 손지유가 맞긴 한가 싶고."

"그런 말 좀 그만해. 내가 지유가 아니면 누구겠어?"

지유는 학교에 갔다. 지유는 어제보다 조금 작아져 있었다. 벗은 허물만큼 몸피가 줄어든 것이다. 하지만 남들 눈에 띌 정도는 아니었고 몸살을 앓았더니 좀 야위었나 보다는 핑계가 통할, 딱 그 정도였다.

지유를 훑어보는 학생부장의 눈빛도 그대로였고, 초콜릿 상자를 들고 다니며 출처를 설명하는 김루도 그대로였다. 지유는 왼쪽 귓불 주변을 종일 만지작거렸다. 단추는 사라지고 없었고, 김루 아빠가 일본에서 사 왔다는 녹차 초콜릿에선 고약한 맛이 났다. 지유는 왜 허물을 벗어 던진 단추인간을 봤다는 목격담이 없는지 알 것 같았다. 겉으로 보기에는 아무것도 달라진 게 없기 때문에, 주변인들은 단추인간이 허물을 벗었다는 사실조차 인지하지 못하는 것이다.

하지만 지유는 달라졌다. 똑딱단추가 투둑! 풀어지던 그 순간을 기억하고 있기 때문이다. 축축하고 미끈거리던 살갗이 차차 마를 때까지 뜬눈으로 지켜보았기 때문이다. 이제 지유는 자기가 지유란 걸 의심하지 않게 되었다. 메건의 말처럼 단추는 지유의 것이었고, 단추로 여며져 있던 것도 지유였다.

며칠 후 지유는 메건을 찾아갔다.

"단추로 여며진 게 뭔지, 내 눈으로 확인하기 전까지는 아무것도 못 할 것 같았어요. 귀신이 숨어 있는 것처럼 불길한 느낌을 주는 벽장문을 옆에 두고는 잠을 잘 수 없는 것처럼요. 그래서 벽장문을 확 열어젖히는 기분으로 단추를 잡아당긴 거예요."

하지만 지유는 허물을 벗는 과정에 대해선 개인적인 경험으로 간직하고 싶다 했다. 그 일이 괴담처럼 세상을 떠도는 게 싫다는 것이다. 메건도 지유의 뜻을 존중했고, 『단추인간 보고서』에도 그 부분은 수록되지 않았다.

『단추인간 보고서』는 괴담 모음집 형식으로 구성되었다. 단추인간을 둘러싼 허무맹랑한 이야기 두 편과 신빙성 있는 이야기 한 편을 번갈아 싣는 형태였다. 터무니없는 가짜들 사이에 진짜를 어물쩍 섞어 두는 건, 진실을 비밀리에 세상에 전하는 방법이었다. 단추인간이라면 그 이야기들 중 어느 게 진짜 단추인간의 이야기인지 알아볼 것이었다.

손지유의 이야기가 실린 『단추인간 보고서』와, 손지유 주변인들의 인터뷰를 담은 『주변인들』은 한국에서는 출간되지 않았다. 시카고의 어느 인쇄소에서 한정 부수만 제작되었던 것이다. 메건은 책을 엄마의 무덤에 바쳤다. 오랜 과제를 끝내자 비로소 엄마의 죽음을 똑바로 볼 수 있었다. 늘 무심한 표정으로 다른 곳에 정신이 팔려 있던 엄마. 메건은 엄마가 원망스럽고 그리웠다. 메건은 엘모 초코퍼지라는 이름도 엄마의 무덤에 두고 왔다. 엄마가 머리를 땋아 주는 내내 엘모 인형을 끌어안고 초코퍼지를 먹던 아이는…… 그만 떠나보내야 할 것 같았다.

메건이 갑자기 미국으로 돌아갔다는 소식이 전해진 지 몇 달 뒤, 지유는 『단추인간 보고서』를 받아 보았다. 책의 서문에는 다음과 같은 글이 쓰여 있었다.

세상 어딘가를 헤매고 있을, 길 잃은 단추인간들에게 이 책을 바칩니다.

구 병 모 … 유리의 세계

발 딛고 선 땅 밑으로 어떤 세계가 펼쳐져 있는지 아는 사람은 없다. 온통 투명한 바닥 아래로 검은흙이며 물줄기가 보이지만 그것을 뚜껑처럼 덮은 바닥을 한 조각 들어내고 장대를 넣어 봐도 그 깊이가 구체적으로 얼마나 되는지 헤아리지 못한다. 다만 그 아래로 더욱 깊이 파 내려가면 금지 구역과 같은 허공이 나오리라고 짐작만 할 수 있을 뿐이다. 금지 구역으로 가면 그 투명한 대지 아래로 흙도 물도 용암도 없이 뻥 뚫린 푸른 허공만 광범위하게 펼쳐져 있으며, 거기서는 바닥 일부를 들어내고 아무리 육중한 물건을 투척해 보아도 그것이 어딘가에 닿아 부서지는 소리를 들을 수 없다고 한다.

언제부터 이 세계의 모든 땅이 유리블록으로 이루어졌는지는 알 수 없으며, 다만 유리 공방의 장인들이 선대와 그 이전의 까마득한 선대로부터 이어받은 교육에 따라 이 세계의 유리를 만들어 내고 있다. 유리 제작 과정과 방법을 다룬 문서는 단 한 부만을 전승시키며 최고 장인의 금고에 보관한다. 공방 장인들은 오랜 도제 생활로 유리 제조에 대해 배우면서도 결코 문서 전체를 직접 열람할 수는 없으며, 자신이 습득한 기술이나 비법을 개인 기록으로 남기거나 외부에 알리는 것도 금지되어 있다. 하기야 유리 공방에 한번 들어간 사람은 죽을 때까지 그곳에서 집단생활을 해야 하므로 기밀을 누설하려야 할 수도 없다. 문서 전체를 보려면 최고 장인이 되거나 그의 허가를 얻은 수제자 정도는 되어야 하지만, 그때쯤이면 이미 평생의 경험으로 유리 제작 과정을 꿈속에서도 재현할 수 있으므로 더 이상 그것을 볼 필요가 없어지니, 결국 문서는 일종의 상징으로만 남아 어두운 금고에 보관된 채 밖으로 나올 일이 없다.

발길 닿는 땅이라면 어디나 유리가 깔린 이 세계의 사람들에게도 농작물과 나무를 가꾸거나 땅속에서 각종 광물과 기름을 캐내는 일은 필요하므로 소위 '쓸 만한 땅'에는 유리를 덮지 않는데, 그곳은 모두 제한 구역으로서 해당 노동에 종사하는 사람만이 접근할 수 있다. 또한 빗물 배수를 위한 하수구에도 유리블록이 덮여 있지 않다. 이처럼 대지 자체의 실용성에 기대는 경우가 아니면 그 어디를 가도 땅바닥은 유리로 덮여 있다. 유리를 다 걷어내면 더욱 살기 편해질지 모른다고 생각하거나 제안한 사람 또는 단체가 그 오랜 세월에 있을 법도 한데, 역사에 그 같은 기록은 남아 있지 않다. 아마 최초에는 금지 구역의 푸른 허공으로 이것저것 떨어지는 바람에 추락사를 방지하기 위한 방편으로 유리를 덮기 시작했을 테고 그것이 점차 확산되었을 텐데, 그렇다고 하여 거의 모든 땅에 유리를 덮어 놓아야 할 당위는 어디에도 없다.

어쨌거나 지금 사람들은 자기 발아래로 펼쳐진 흙과 물과 용암 같은 것을 언제고 내려다볼 수 있으며, 용암에 떨어지기라도 한다면 그걸로 끝이라는 사실만은 안다. 다행히 오랜 세월에 걸쳐 쌓인 선조들의 지혜가 있어 유리 공방의 기술은 나날이 발전해 왔고, 사람들이 밟고 걷고 달리는 무게를 감당하는 유리는 강력하여 좀처럼 깨지지 않는다. 유리의 두께 또한 만만치 않아서, 보수하기 위해 한 장을 걷어 내는 데만도 특별히 만들어진 기중기를 써야 한다. 유리 위에 집이 서 있고 유리 위를 수레가 오가며 육중한 동물들이 유리 위를 춤추듯 미끄러지며 걸어 다닌다. 사람들은 유리 위에 조립된 집에서 생활하는데 집 자체를 특수 제작한 불투명 색유리로 지은 이들도 있다. 이 세계가 그동안 얼마나 견고했는지를 익히 알아 왔으므로, 실은 그 견고성을 실감하기도 전에 이미 세세손손 그리 살아온 방식에 익숙하므로, 사람들은 유리 위에서 또한 유리 안에서 더할 나위 없는 안전감을 느낀다.

아무리 투명하고 든든한 유리라 하더라도 수레바퀴며 흙먼지, 자갈에다 사람들의 구두 굽, 동물들의 발자국과 배설물에 시달리다 언젠가는 부예진 끝에 그 아래의 어떤 것도 비출 수 없게 되는데, 그 상태를 방치하면 서서히 금이 간다. 그러고 나서도 자연적인 노화로 완전히 부서지는 데에는 몇 년의 세월이 더 걸리지만, 금이 간 것을 보면 누구든 바로 신고하여 유리를 교체하도록 해야 하며, 실상 그 누구도 금이 갈 때까지 내버려 두지도 않는다는 점이, 이 세계에서 유리 공방이 사라질 날이 오지 않는 이유다.

투명하고 의심할 구석 없는 세계에 흠집이 간 어느 날 아침은 이런 식으로 다가왔다.

사람과 우마의 통행이 적지 않은 대로 한가운데, 같은 자리에 깔려 있던 네 장의 이어진 유리가 부서져 있었다. 처음 발견한 시민이 즉시 신고하여 거리 일대를 군사들이 통제했으나, 그들이 출동하기 전에 호기심 많은 사람들은 모여들어 부서진 자리를 자세히 들여다보았다. 심한 오염이나 잔금 수준의 가벼운 전조조차 못 보았는데, 있을 수 없는 일이 벌어진 데 대한 호기심과 두려움이었다. 박살이 났다니. 그 두껍고 단단한 유리가. 어떤 무겁고 날카로운 돌이나 무쇠 공을 던져도, 망치나 도끼로 내리쳐도 끄떡없는 유리가. 이 세계에서는 박살이라는 표현 자체가 유리와 호응하지 않는 낱말이었다. 그러나 사람들이 내려다본 유리—가 있던—자리에는 빛을 머금은 파편들이 네 귀퉁이 군데군데 매달린 채 가늘게 몸을 떨며 반짝이고 있을 뿐이었다. 유리가 깨진 걸 태어나 처음 보는 군중 가운데 한 어린이가 그것을 만졌다가, 자기 손바닥이 빵처럼 부드럽게 갈라져 피가 샘솟는 것을 물끄러미 바라보았다. 어린이의 손에서 피가 흐르는 걸 보고 사람들이 기겁하며, 비로소 이 작고 투명한 유리 조각이 얼마나 위험한 괴물에 다름 아닌지를 깨닫기 시작했다. 유리가 부서지다니, 특수 절단기와 기중기 같은 규정된 장비로만 자르고 떠내고 이동시킬 수 있는 유리가, 자연 마모의 조짐을 눈에 띄게 드러내어 교체 대상이 된 적도 없는 유리가.

최초의 혼란과 소요가 진정되면서 일대의 통행금지는 풀렸으나 여전히 네 장의 부서진 유리 둘레를 군사들이 지키고 섰다. 위에서는 유리 공방 측에 즉시 새 유리를 발주함과 동시에 범인을 잡는 데 지대한 관심을 보였다. 누가 이 깨끗하고 완벽한 세계를 부수려 하는지 알아내는 것이야말로 급선무라고 여겼다. 우선 각 가정과 회사의 중장비를 점검하는 일에 나섰다. 유리 파쇄가 가능할 정도의 중장비를 일반 가정에서 보유하는 경우란 흔치 않았으므로, 주로 공장이나 회사가 조사 대상이 되었다. 회사마다 중장비의 입출 기록을 모두 제출했다. 취합된 기록에서 특별히 눈에 띄는 점은 없었고 그날 그 시간대에 외부로 움직인 장비 또한 없었다. 기록은 실상 마음만 먹으면 얼마든지 조작 가능하나, 입출 대장을 관리하는 직원을 포함하여 장비를 직접 움직이는 자와 망보는 자 등 최소 3인 이상의 공범이 있지 않으면 어려운 일이었다. 구체적인 조사를 위해서는 유리를 깨자고 모의할 이유가 있는, 한 회사에 근무하는 3인 이상의 용의자를 색출해야 할 터였다.

그 같은 장부와 장비 조사는 애당초 문제에 접근하는 방법으로는 적합하지 않았다. 누가 왜 어떤 목적으로 유리를 부수고자 하는가, 그것부터 고찰하는 것이 진상 규명의 시작인데, 저 위에서는 현상만 잡아내려고 했다. 남아 있는 파편을 모두 수거하여 그것이 어떤 종류의 힘에 의해 그와 같은 형태로 부서졌는지 알아내라는 명령이 유리 공방에 내려왔다. 유리 공방은 새로운 유리를 제작 및 출고하는 한편 범인의 단서까지 밝혀내는 이중의 업무를 맡게 되었다.

"하지만 선생님."

공방의 제자 가운데 올해 마흔 살로 가장 나이 많은 수제자 라로가 손을 들자, 다른 제자들 백여 명의 이목이 그리로 집중되었다.

"공방은 유리를 만드는 곳이지 부수는 곳이 아닌데 어떻게 저희가 그것이 파손된 원인을 밝혀낸다는 말입니까?"

그도 그렇다며 제자들이 수군거렸다. 그들 가운데 유리의 제조 공정 전체에 참여해 본 사람은 최고 장인과 수제자를 포함하여 열 손가락 안에 꼽을 정도였고, 나머지 사람들은 일부 과정에 참여하면서 배움의 범위를 조금씩 넓혀 가기는 하나 끝내 전체의 그림을 숙지하지 못하고 세상을 뜨는 경우가 많아, 이들은 사실상 유리를 만드는 방법을 완벽히 습득했다고 할 수도 없었다.

하물며 그것을 부수는 방법을 알 리가…….

공예 장식용으로 쓰이는 '소다크림유리'는 주물을 쉽게 하도록 입자 간 치밀도를 낮추어 상대적으로 저렴한 가격과 덜 복잡한 기술로 제조했으나 일반인이 일용품으로 흔히 쓸 수 있게 보급되지는 않았으며, 공방에서 출고하는 대부분의 생산 품목은 '아이언유리'로서 이는 건축이나 도로포장에 쓰이므로 사기그릇이나 시멘트처럼 던지고 떨어뜨리는 간단한 행위로 부술 수 있는 게 아니었다. 그 유리 입자들은 제조 과정에서 신의 숨결을 포집한 듯 밀도가 높았다. 초고온과 극저온을 버텨 냈고 웬만한 충격에도 끄떡없었다. 그것을 어떻게 부순다는 말이며, 설령 신이나 신에 준하는 어떤 존재가 유리를 부수었다 해도 그 원리를 어떻게 규명한다는 말인가.

그러나 위에서 내려온 지시 사항을 반려할 입장도 아니라고, 최고 장인의 얼굴에 드리워진 그림자의 농도가 말해 주고 있었다.

"우리는 지금까지처럼 유리를 만들어서 신속히 위에다 납품해야 하니 모두가 이 일에 매달려 있을 수는 없다. 두세 명만, 누가 나를 도와주겠나."

천장이 높은 대회의실 안에 최고 장인의 간곡한 음성만 여운이 되어 맴돌았다.

"우선 자네 생각은 어떤가."

이러한 방식이 내키지는 않으면서도 최고 장인이 지목하자, 라로는 주위의 눈치를 한번 둘러보다가 여전히 확신은 없는 듯한 태도로 다만 결연한 책임감을 갖고 대답했다.

"말씀대로 경험 많은 도제공들은 지금까지 하던 일을 계속하는 게 좋습니다. 후계자 양성의 끈을 늦추어선 안 되고요. 부족하지만 제가 함께하겠습니다."

망설임 끝에라도 수제자가 그렇게 나올 줄 알았다는 듯 최고 장인은 안도의 미소와 함께 고개를 끄덕였다.

"어려운 일에 나서 주어 고맙네. 한 명만 더, 누구 있는가."

한동안 흐른 침묵을 천천히 가르며 올라오는 한 개의 손을, 모두 숨죽이고 돌아보았다. 이제 열일곱 살에 불과하나 태어났을 때부터 유리 공방에 맡겨졌고 일곱 살 때부터 허드렛일을 시작했기에 또래 가운데서는 누구보다도 많은 제조 과정에 참여해 본 제자 문이 그 손의 주인이었다.

"자원해 주어서 고맙지만 자네가 이 일을 하고자 하는 이유가 뭔가."

누구라도 나서 주면 다행이지만 최고 장인은 가능한 한 어린 제자는 제외하고 싶었다. 그의 생각에, 무언가를 가지고 누려야 하는 것은 문과 같은 어린 자들이었고, 그를 위해 무언가를 감당하는 것은 나이 먹은 자들의 몫이었다. 문은 미래의 유능한 장인이 될 터였고, 실패 시 위로부터 어떤 후환이 따를지 모르는 일에 젊은이를 선뜻 끌어들일 수는 없었으며, 지나치게 이상적이기만 한 포부라면 그 또한 경계해야 했다. 최고 장인이 보아 온 바, 나이에 비해 경력이 있는 젊은이들은 대개 불가능에 뛰어드는 것을 자신의 능력 과시 수단으로 삼곤 했다.

"파편이……."

가벼운 심호흡에 이어 입을 연 문에게서 나온 뜻밖의 말은, 예측하지 못한 방향으로 튄 유리 조각처럼 주변 공기에 서늘한 금을 그었다.

"아름답다고 생각했습니다."

도제공들이 당혹스럽다는 듯한 표정으로 서로를 곁눈질하며 말뜻을 헤아려 보고자 했다. 지금까지 어떤 비바람과 무거운 수레에도 깨져 본 적 없는 유리가 그 지경이 된 만큼 도제공으로서 참담함을 느껴야 마땅한데, 도리어 아름답다니 믿을 수 없는 감상이었다. 사람들은 당연히 최고 장인이 문의 불온하고 무엄한 말에 노여워하리라 짐작했다. 그러나 뜻밖에도 최고 장인은 씁쓸하면서도 선선한 미소와 함께 고개를 끄덕였다.

"그렇게 하게."

라로가 사흘이나 한자리에 붙박여 확대경으로 절단면을 들여다보며 떨어져 나온 가루를 만져 보는 한편 파편의 일부를 다시 가마에 가열하여 분석경으로 유리 입자의 배열 형태를 확인한 끝에 얻어 낸 답이라곤, 그 단면이 어떤 도구에 의해 깨끗이 절단 및 적출된 게 아니라 무리하고도 갑작스러운 힘에 의해 무질서하게 끊어진 흔적이라는, 누가 봐도 짐작할 법한 사실뿐이었다. 라로가 파편을 끌어안고 고투하는 동안, 문은 바깥세상의 다른 유리들 가운데 혹여 비슷한 상태에 놓인 것이 있는지 둘러보고 오겠다며 나간 지 사흘째였다. 최고 장인께서 무슨 생각으로 어린 제자에게 그런 일을 허락하신 것인지 라로는 알 수 없었는데, 문이 바깥의 유리를 조사한다면서 실은 어디로 놀러 갔는지도 모를 일이었다. 유리 공방 사람들은 최고 장인의 직인이 찍힌 외출증과 나라에서 발급한 통행증이 없으면 사과 한 알을 사러 바깥으로 나가는 일도 쉽지 않았으며 자기의 고향에는 아예 발걸음도 할 수 없었고 외부인과 친밀하게 지내기도 어려웠다. 그런데 세상에 존재하는 모든 것을 향한 갈증에 한창 사로잡혔을 나이의 아이를 밖에 내보내다니 옳은 선택이었을까.

라로는 유리와 도구를 내려놓고, 신입 도제공이 가져온 거친 빵을 미지근한 수프에 적신 뒤 한입 베어 물었다. 유리 가루를 문 듯 깔끄러운 통증이 입천장을 훑는 것을 느끼며 고개를 저었다. 그럴 아이가 아니다. 태어난 지 일주일 만에 그 가족이 유리 공방에 데려와 며칠 거리 끼니나 때울지 모를 푼돈과 바꾸어 간 아이였다. 유리 공방에 한번 들어오면 가족과 두 번 다시 만나지 못하더라도 최소한 굶을 일은 없다는 소문을 듣고 어린 자식을 데려오는 사람들이 종종 있었지만, 갓난아이가 맡겨지기는 처음이었다. 라로를 비롯한 청년들이 돌아가며 보살폈다. 공방의 도제공들 사이를 부지런히 돌아다니며 심부름을 맡다가 문이 처음으로 유리 재료를 배합하는 방에 들어간 것은 여덟 살 때의 일이었다.

실은 그렇게 어린 나이에 작업에 참여해서는 안 되었다. 뜨거운 가마에 화상을 입을 위험도 있거니와 가열된 유리가 급속으로 식으면서 발생하는 가스가 호흡기에 치명적이어서 일찍 병들고 세상을 뜨는 도제공들도 많았다. 유리 배합의 비율이 잘못된 경우 한번 굳은 재료가 물속에서 폭발하여, 파편이 얼굴만 찢어놓으면 다행이지만 눈에 튀기도 했다. 공방 사람의 3분의 1 이상이 안경을 착용했고, 한쪽 눈이 안 보이는 사람들도 여남은 명에 이르렀다. 완전 실명한 이들은 더 이상의 세밀한 작업에는 참여하기 어려우므로 공방에서 단순 작업과 허드렛일을 하며 여생을 버텼다. 사람들이 안심하며 밟고 달리고 구르는 두꺼운 아이언유리를 생산하는 데에는, 그런 고통스러운 과정이 따랐다.

그 같은 환경에서 문은 제 몫의 심부름이 끝나고 나서도 작업장을 떠나기 싫어했으며, 자연스레 어른들 틈에 섞였다. 아기 때부터 공방을 가득 채운 공업용, 산업용, 장식용 유리에 둘러싸인, 유리밖에 모르고 살아온, 유리 상자에 담겨 지내 온 거나 다름없는 생활이었다. 문은 기력 넘치거나 활발한 아이는 아니었으며 말수 적고 혼자 멍하니 있을 때가 잦았지만, 작고 섬세한 동작으로 불과 물 그리고 각종 재료를 신중하게 다룬다는 점이 공방 생활에는 잘 맞았다. 느긋하면서도 우아한 동작으로 일하는 문의 얼굴이나 손발에는 화상 자국 몇 군데 외에 눈에 띄는 외상도 없었다. 어쩌다 교대로 쉴 때는 가마 옆에 앉아 눈을 감고 그것이 세이렌의 노래라도 되는 듯 재료가 끓는 소리를 듣고 있거나, 볕에 나가 앉아서도 냉각 후 연마된 유리에 떨어지는 햇빛 줄기를 온몸에 받으며 조는 듯 고개를 꼬박거리곤 했다.

이번만 해도 다른 구실이나 목적이 일절 없이, 파편이 아름다워서……라 했을 때 많은 도제공들은 그와 같은 답에 기겁했지만, 라로는 최고 장인이 보인 미소의 의미를 어렴풋이 짐작하고 있었다. 그것은 합리와 실용에서 벗어난, 그야말로 평생 유리만 알고 유리만 좋아하며 살아온 사람만이 내놓을 수 있는 대답이었다. 일종의 맹목과 닮았다는 점에서 한편으론 우려스럽기도 하나, 어차피 가족을 꾸려서는 안 되며 몸과 마음을 온전히 유리에 투신한 채 공방에서 떠날 수 없는 자가 그 정도 외곬으로 살아가는 것도 나쁘지 않았다.

그런 아이가 바깥세상에 홀려 이곳 아닌 어딘가로 도망치는 일은 사실상 불가능했다.

첫발을 내딛기가 어렵다. 일단 한 걸음만 떼어 놓고 나면 그

다음부터는 모든 제약과 구속이 풀린 듯 발걸음이 가벼워진다.

그럼에도 문은 한 뼘이나 될까 싶은 작은 보폭으로 신중하게 열 걸음 남짓 간 뒤, 발밑을 내려다보고 어깨를 한번 움찔했다. 이어서 큰 보폭으로 여남은 발 나아가선 또다시 아래를 내려다보곤 문득 다리에 힘이 풀린 듯 그 위로 손을 짚고 넘어졌다.

금지 구역의 매끄러운 유리는 한낮의 태양을 가득 받아 따뜻하다 못해 뜨거웠다. 이글거리며 끓기 직전의 상태에서 내부의 역동을 정체시킨 채 버티는 것이 놀라울 정도였다. 유리 공방에서 일어나는 그 모든 일, 섞고 끓이고 천천히 또는 급격히 식히고 다시 굽거나 말리는 등의 후가공 과정은 바로 이 아슬아슬한 균형과 장력을 위해서였다. 그 자리를 가능한 한 오랫동안 지켜 내는 일. 아무리 저 아래 아찔하고도 까마득한 진공의 세상이 펼쳐지더라도, 이 위의 세상에서는 추락에의 예감 없이 지극히 안전하리라는 확신을 제공하는 일. 훼손과 멸실에의 가능성에 최대한 거리를 두면서도 완전히 그것을 배제하지는 못한다는 데서 비롯하는 기묘한 흥분으로 반짝이는 유리 위를, 문은 달려 나갔다. 자신이 앞으로 달려가는지 발밑의 세상이 굴러가는지 모르게 가벼운 몸짓으로, 마찰력을 잃은 존재처럼 미끄러지며 나아갔다. 한겨울의 빙판 위에서 까부는 작은 동물처럼 주저앉아 굴렀다.

유리 대지의 한복판에서 내려다본 발밑에는 희푸른 허공만이 있었다. 그리로 떨어지면 다시는 돌아오지 못한다는, '세상 바깥'

이라고 불리는 곳이 짙은 손 아래로 펼쳐져 있었다. 깊이가 얼마나 되는지 알려져 있지 않으며 다만 이 위와 달리 숨 쉴 수 있는 공기가 없으리라고 사람들은 추측했다. 세상 바깥에는 발 딛고 설 땅도 공기도 없으며, 끝까지 다 떨어지고 나면 살아남을 수 있는 사람 또한 없을 테고, 어쩌면 다 떨어진다는 말과 같은 동작의 완결이 존재하지 않는 무한의 공간, 공간이라는 개념조차 존재하지 않는 무언가라고.

언젠가 대대적으로 전염병이 유행했을 때 위의 지시를 받은 시민들이 각지에서 잡은 쥐 1천여 마리를 자루에 넣어 와서 금지 구역의 유리 아래로 떨어뜨린 적이 있다고 한다. 어떤 쥐는 자루 안에서도 살아 있었고 대부분은 자기들끼리 엉켜 질식사한 것을 세상 바깥으로 쏟아부었는데 이때 쥐들은 제각기 까만 점으로 멀어지다 이윽고 사라졌을 뿐 어딘가에 부딪쳐 부서지는 소리조차 들리지 않았으며, 까만 점들이 시야에서 사라진 뒤로는 어찌 되었는지 알 수 없었다는 이야기였다. 그러나 그 말들은 입에서 입으로 전해졌을 뿐, 당사자들은 쥐를 처리하는 동안 얻은 전염병으로 인해 그로부터 오래지 않아 세상을 떠났을 것이며, 투하한 쥐 떼들에 대한 이야기조차 그 진위를 확인할 수 없는 먼 옛날의 일화이다.

문은 최초로 금지 구역에 유리를 깔며 앞으로 나아갔을 장인의 신중한 손길을 떠올려 보았다. 유리 한 장으로 가려진 사실상의 허공에 무릎을 꿇고, 세찬 바람이나 미끄러짐 내지는 헛디딤 같은 사소한 실수로 인하여 한순간 세상 바깥으로 떨어질지 모르는 불안을 삼키며, 한 장 두 장 이어 붙여 나가던 세심한 손끝에 매달린 염원을. 기록에 남아 있지 않으나 구전되는 바에 따르면 이 금지 구역의 공사를 하던 중 수많은 사람들이 세상 바깥으로 추락하여 그 존재가 지워졌다고 한다.

한번 공사가 완료된 이후 출입이 통제된 이곳은, 다른 모든 거주 및 생산 활동 구역에서 보수 공사가 이루어지는 와중에도 선뜻 손대기 어려운 영역으로 남아 있다. 이번처럼 조사를 나왔다는 명분으로 통행증을 내밀지 않고선 누구의 출입도 허용되지 않는다. 파손된 것은 도심의 유리 바닥이라면서 왜 유리 공방의 직인이 이곳까지 왔는지, 금지 구역의 문지기들은 문의 등 뒤에서 수군거렸으나 지금의 문에게는 그런 말이 들리지 않았다. 최초의 장인 외에는 아무도 걷지 않았을 유리 위에 홀로 서 있는 황홀감은 세상 그 어떤 신비나 축복과도 바꾸고 싶지 않은 것이었다.

문득 침묵에 잠긴 유리 대지 저편에서 유난히 반짝이는 자리를 발견하고 문은 고개를 길게 빼었다. 어느 곳이나 눈부시기는 매한가지였으나 유독 몇몇 군데는 한 무리의 요정이 옛이야기 밖으로 날아 나온 것처럼 빛이 날갯짓하고 있었다. 유리 자체에 마음을 빼앗기다 미처 인지하지 못했는데 호흡을 가다듬고 주위를 둘러보니, 몇 군데 정도가 아니라 사방에서 빛이 현란한 윤

무를 추고 있었다. 문은 그중 하나로 가까이 다가가 보았다. 거미가 부지런히 집을 지은 듯도 하고 벼락의 손길이 어루만지고 지나간 자리처럼도 보이는, 가느다란 실 같은 무늬가 유리에 퍼져 있었다.

단순한 무늬가 아니었다. 얼핏 보면 빛으로 인해 생긴 무늬로 착각할 법했으나 실은 유리 곳곳에 금이 가 있었다. 이미 깨진 유리들이, 남아 있는 인력으로 서로를 끌어당기며 다만 형태를 유지한 모습이었다. 내려다보니 문이 발 딛고 선 자리도 마찬가지였다. 조금만 세게 발을 구르면 쩍 소리와 함께 가루가 되어 꺼질지도 모른다는 상상을 하자 그 긴박의 찰나에 문은 오히려 매혹되었다.

공방에서는 비상 회의가 벌어졌다. 세월의 흐름에 따라 사물이 노후하는 것은 놀랍거나 이상한 일이 아니었다. 그것이 금지 구역의 유리만 아니었다면. 이들 세계에서 가장 강고하게 제작되는 아이언유리가, 인마의 발길 한 번 닿지 않고 건축물의 공사에도 시달려 본 적 없음에도 갈라지고 있다는 소식은 온 공방을 두려움에 떨게 만드는 데 충분했다. 범인은 다만 '시간'이었을지 모르며 도심의 유리 또한 대단한 자극 없이도 언제 갈라져 꺼질지 모른다는 가능성이 밖으로 알려지는 순간 시민들은 공포에 떨며 두문불출하게 될 테며, 위에서는 공방을 압수 수색하여 유리 공정에서 무엇이 잘못되었는지를 따지면서 관계자들을 문책할 터였다. 물론 문책이란 단순한 서면 질의 같은 것으로 이루어지지 않으며 경우에 따라서는 최고 장인을 비롯한 유능한 도제공 수십 명의 목을 내놓아야 할 것이었다. 어떻게 고작 그만한 시간 따위에도 버티지 못할 정도로 약한 유리를 만들었는지, 나태하게 작업에 임하는 과정에서 그릇이나 장식용 소다크림유리를 제작하는 방식과 뒤섞인 거나 아닌지. 금지 구역에는 당장 사람이 드나들지 않으니 더 버텨 본다고 쳐도, 처음 부서진 도심의 유리 네 장은 갈아 끼운 지 몇 년 되지 않는 유리라는 점을 고려할 때 제아무리 강한 충격을 지속적으로 받았더라도 벌써 그처럼 흔적만 남겨 놓고 부서져선 안 되는 일이었으므로 도시 전체를 정확히 조사하여 손을 써야 했다.

최고 장인은 자신의 목 하나로 이 일을 책임지기로 결심하고, 도제공들에게 일사불란하게 움직이도록 명령을 내렸다. 우선 지금 진행 중인 장식품과 소다크림유리의 작업은 모두 중단할 것, 아이언유리에만 달라붙어 삼교대로 밤샘 제작 및 증산에 들어갈 것, 눈이 좋은 어린 도제공 20여 명은 도심으로 흩어져 할 수 있는 대로 기존 유리의 상태를 살펴보고 교체 필요 수량을 검토할 것을 지시했다. 경험 많은 장인들은 한 치의 오차도 없도록 가마의 온도를 치밀하게 관리할 것이며, 재료 배합 시 각각의 비율이 정확한지 물이 너무 많이 섞이지 않는지, 성형 및 절단 과정에서 불규칙한 거품 및 실투 현상이 발생하지나 않는지 등을 지켜볼 것을 명했다.

라로는 문에게 이제 더 이상 공방 밖으로 나가지 말고 배합실 또는 성형실에서 감독 작업을 함께할 것을 종용했으나, 최고 장인의 지시가 하달되고 모든 도제공들이 흩어지고 나서도 문은 그 자리에 가만히 서서 무언가를 고민하는 듯했다.

"그래야만 하는 이유가 있습니까?"

라로의 독촉에 고개를 든 문이 입을 열었다. 이건 또 뭐 하자는 소리인가 싶어 라로는 당혹스러웠다. 유리가 필요하다는데, 네가 그렇게 좋아하는, 세상에 다시없을 강고한 유리로 온 땅을 가득 채우자는데 무슨 말인가, 이유를 찾다니.

"금지 구역에서 저는 보고 겪었습니다. 세상 어느 낙원과도 비할 바 없는 축성의 빛을, 천국의 강물처럼 맑은 대지를, 조금만 지체하면 부서져 사라질 것만 같은 위기를, 어느 순간 더 이상 발밑을 지탱해 줄 것이 없으리라는 불안을요. 다른 무엇도 아닌 그것이 유리의 본질이었습니다."

라로는 문이 견고한 유리에 숨은 파괴적인 함정에 마음이 끌리고 있음을 알아차렸다. 화상을 비롯한 온갖 부상을 입어 가며 이만한 세월 동안 유리를 제작하다 보면, 숙련된 장인일수록 과감함보다 신중함이 발달하는 까닭에, 견고함이 곧 영속성과 같지 않다는 것 정도는 깨달을 수 있었다. 부서지는 것은 위험하다는 사실과, 바로 그 위험성과 불안정성 때문에 비로소 가치를 지닌다는 사실이, 굳이 말로 가르치지 않아도 본능적으로 문의 몸과 영혼에 배어 있는 것이었다.

그러나 이어지는 문의 말은 라로가 이해해 줄 수 있는 선을 넘어 버린 것이었다.

"그리고 저는 그것이, 부서지기 위해 존재하는 것임을 알게 되었습니다."

라로는 문의 입을 막아야 한다고, 그보다는 문이 더 이상 생각이라는 것을 하지 않도록 해야겠다고 느끼며 서둘러 대꾸했다.

"거기까지만 하자. 선생님께는 말씀드리지 않을 테니까."

그러나 문은 라로가 한숨 쉴 틈을 주지 않고 이어서 간청의 어조로 말했다.

"금지 구역의 유리 대지를 보고 나서야, 저는 도시에 깔린 유리가 얼마나 부질없는 것인지를 알았습니다. 투명하게 부서져야 마땅한 유리가, 사람들과 우마의 발밑에서 날마다 더럽혀지고 훼손당한 끝에 수십 년 단위로 교체 폐기되는 것이, 당연한 일이라고 생각지 않습니다. 어째서 높으신 분들은 대지 위의 유리를 모두 거두어들이지 않을까요. 어째서 금지 구역에 굳이 유리를 깔아서 그곳까지가 인간의 영역이라고 표시하는 것입니까. 금지 구역은 말 그대로 범접 불가능한 곳으로 놔두어야 옳지 않습니까. 그 아래 무엇이 펼쳐졌는지 모르는 그곳은, 끝내 미지의 무언가로 놓아두어야 하지 않나요. 또한 농산지를 비롯한 생산 구역의 사람들은 노상 기름진 흙을 밟으며 살아가는데, 그들이 밀과 벼를 팔러 도심으로 나올 적에는 신발을 털고 유리 위로 올라서야 한다는 게 이상하지 않습니까."

'그 너머에 존재하는 것'과 직접 닿지 않고서도 최선의 방식으로 마주할 수 있는 유리의 기능은 지금의 문에게는 의미가 없는 듯했다. 유리는 그것 자체로 빛을 받아 아름답게 반짝이는데, 어째서 무언가를 비추거나 차단하거나 보존하는 용도로만 쓰여야 하는지, 문은 묻고 있었다.

"해가 있으면 충분한데 어째서 달이 있는지 이상히 여겨 본 적 있느냐?"

제자의 이름인 '문'을 상기시키며 라로는 말을 이었다.

"너의 그 말은 천 년을 이어 온 우리 유리 공방의 존재 의미를 모욕하는 것과 마찬가지다."

그렇게 말하면서도 라로는 자신의 충고가 문의 마음속에 벌판처럼 펼쳐진 매끄러운 유리 위에서 헛도는 것을 알 수 있었다.

"그렇지 않습니다. 짓밟히거나 더럽혀지는 용도보다는 좀 더 아름다운 결과물에 우리가 집중할 수 있다면……."

반드시 무엇이 되지 않더라도 무방한, 어디에 쓰이지 않더라도 그저 좋고 예쁘기만 한. 그리고 언젠가는 숨이 다해 약간의 흔적과 증명만을 남긴 채 부서지고 마는. 문은 그런 것들에 끌리고 있었다.

"문. 나는 네가 얼마나 유리를 사랑하고 아끼는지 안다. 더럽혀지고 긁힌 유리를 볼 때마다, 그것들이 수레에 실려 와서 새로운 유리들과 교체될 때마다, 네 마음의 무언가가 함께 긁힌 느낌이 들 거라고 짐작도 한다. 그러나 너보다 오래 산, 또한 너보다 먼저 살다 간 사람들이 내린 결론은, 그 어떤 영롱함과 신성함보다도 우리는 안전성과 견고함에 집중해야 한다는 점이다. 너는 순간에 심취해 있을 뿐이다……."

그러니 일손은 바쁘다만 어쩔 수 없는 일, 그 눈에서 번들거리는 열망이 빠져나올 때까지 당분간 유리에는 손대지 말고 방에 있어야겠지. 지금 네가 재료에 손댔다간 실수할지도 모르니 말이다. 라로의 명을 받고 문은 서른 명의 어린 도제공들이 함께 쓰는 방에 혼자 우두커니 남게 되었다.

흙은 흙으로, 용암은 용암으로, 물은 물로, 허공은 허공으로…… 그 세계를 그 모습대로 간직하도록 놔두는 것이 가장 자연스러운 일임을, 그 위를 유리로 굳이 덮어 가며 산다는 게 오히려 이상한 일임을 라로도 어렴풋이 느끼고 있었다. 그러나 그 같은 의문을 품거나 그것을 조금이라도 해소하기 위하여 매달려도 보는 고집이 자연스러운 시절을, 라로는 이미 한참 전에 지나 있었다.

사흘 뒤, 공방을 나섰던 도제공들은 한 무리의 군사에 의해 포박된 채로 끌려 돌아왔다. 시내 바닥에 깔린 유리가 어떤 상태인지 기록해 오기는커녕 본격적인 조사에 들어가지도 못한 채로였다. 유리 공방에서 나온 다수 도제공들이 바닥을 두드리고 때론 무릎 꿇고 들여다보며 다니는 모습을 수상쩍게 여긴 시민들이 위에 알리자, 명을 받은 군사들이 당장 그들을 잡아들여 무슨 획책을 꾸미느냐고 물었다. 겁에 질린 도제공들은 사실대로 고할 수밖에 없었고, 실은 고할 만한 증거나 표본이 충분히 모이지 않아 조사를 나왔다는 점도 밝혔다. 그러자 위에서는 그동안 부실한 유리를 얼마나 많이 만들어 내보냈는지 모를 유리 공방 전체를 수색하고 각종 도구와 장부 및 작업 일지를 비롯하여, 유리 제조에 쓰인 약품과 배합물을 압수해 오라는 명을 내렸다.

최고 장인을 비롯한 경험 많은 유리 장인 일부가 그 자리에서 한마디 호소할 기회 없이 체포되었다. 선생님들을 지키기 위해 어린 도제공들이 몸을 던져 오자 군사들이 그중 몇을 베었다. 서랍이며 약장에다 금고까지 활짝 열리고 안에 있던 내용물들은 밖으로 어지럽게 끄집어내어져 던져지고 흩어졌다. 찢어진 서류와 장부에 발자국이 났다. 각종 용기가 파손되자 거기 들어 있던 가루와 용액이 바닥에 뒤섞이면서 때로 유독한 연기마저 피어올라, 제조 과정에 대해 모르는 군사들은 이를 마법적인 흉계로 간주하고 더욱 많은 인원을 포승줄에 묶기도 했다. 최고 장인은 충격으로 쓰러져 눈을 뜬 채 말을 잇지 못했고, 도제공들이 그의 머리를 뉘고 가슴을 연달아 누르며 숨을 돌리는 동안 라로가 칼 앞에 나섰다.

"우리는 제조 방법을 임의로 어긴 적이 단 한 번도 없습니다. 가마 온도 1도의 눈금조차 틀리지 않도록 옆에서 지켰고, 습도 1퍼센트의 오차도 없이, 단 몇 분의 지연도 없이 건조시켰습니다. 그 어떤 재료도 허투루 쓰지 않았습니다. 그 귀중한 기록을 보관한 것이니 부디 조심해서 다루어 주십시오."

군사장은 약속 대신 라로를 위협하고 나섰다.

"금지 구역의 유리를 보고 왔다는 놈이 누구냐."

라로는 문득 방에 틀어박혀 있을 문을 떠올렸으나 입을 열지 않았다.

"그자를 내놓아라. 그곳의 유리가 어떤 상태인지, 지금 도심의 유리와는 어떻게 다른지, 나아가 누구의 책임인지 위에 함께 가서 고해야 한다. 추궁은 그다음이다."

사태를 목격하기만 했을 뿐 그 아이도 어쩌다 그리됐는지 이유를 알지는 못할 텐데, 모른다고 대답하는 순간 베어 버리고도 남을 자들에게 문을 내줄 수는 없었다. 라로가 입을 열지 않자 군사장은 부하들에게 손짓했다.

"이자도 한데 묶어……."

"그건 말로 나타내기 어려운 것이랍니다."

라로가 돌아본 곳에, 혼란과 소요 한가운데로 문이 천천히 걸어 나오고 있었다.

"직접 가 보시는 것이 좋겠습니다. 제가 안내하겠습니다."

"무슨 수작을 부리려느냐."

"아무것도요."

문은 라로에게서 자신의 눈앞으로 방향을 바꾼 칼날이 반사하는 빛을 응시하며 말을 이었다.

"직접 보시면 어떻게 균열이 가 있는지, 지금 도심에 깔려 있는 유리와 상태가 어느 정도로 다른지, 앞으로 무엇을 어떻게 해야 할지에 대하여 이해가 빠르실 것입니다. 당장 발아래가 꺼질까 하는 염려는 접어 두셔도 좋습니다. 모든 유리는 설령 깨진다 하더라도 그 자리에서 가루가 되어 흩어지는 게 아니라, 투명한 막을 씌우고 풀을 발라 놓은 것처럼 파편끼리 서로 붙어 그물처럼 출렁거리면서도 사물의 무게를 한계까지 고스란히 받아 안아서는 견디어 낸답니다."

그러니 두려움도 불안도 없이 조사를 마치고도 남을 것입니다. 군사장은 이 같은 말이 자신들을 내보내고 공방을 폐쇄하려는 수작이 아닌지 의심했으나, 자신이 하는 일과 만드는 유리에 대한 신념을 이처럼 젊은 청년이 드러내 보이는 것만은 뜻밖으로 여겼다. 그리하여 군사장은 체포된 장인들과 공방을 감시할 군사를 한 무리 남겨 놓곤 문을 앞세워 나머지 군사들을 데리고 금지 구역으로 떠났다.

라로는 남은 군사들의 감시와 통제를 받으며 최고 장인의 상태를 돌보고 시신 몇 구를 수습했다. 그런 다음 어린 도제공들이 울면서 청소하는 현장을 돌보았다. 그중 일부가 훌쩍거리자 시끄럽다며 군사들이 발길질했지만 누구도 그걸 제지할 사람이 없었다. 라로는 다친 도제공들을 살피다가 문득 열네 살 먹은 아이가 옷 속에 무언가를 깊이 감춘 채 눈치를 보는 듯한 모습을 발견하고 다가가 은밀히 말했다.

"뭔지는 모르겠다만 얌전히 내놓아라. 저들에게 걸리면 네가 큰일 난다."

"아니요…… 대단한 게 아닙니다. 이건 문 형님이 몇 년이나 열심히 쓰신 공책인데 훼손되는 게 안타까워 제가 품고 있었습니다."

군사들의 눈에 띄면 아이가 문답무용으로 다칠까 봐 완강히 다그쳐 넘겨받고서도 라로는 아이의 말마따나 그것이 무슨 중대한 기록이라 생각지 않았는데, 공방의 작업 일지는 맡아서 쓰는 자가 따로 있었으며, 어린 도제공이 남길 만한 기록이라면 그날그날 작업을 하면서 느낀 점이나 반성할 부분 같은 감상적인 일기 정도일 거라 여겨서였다.

그러나 무심코 펼쳐 후루룩 넘겨 본 공책에는 공방에서 도제공들에게 엄금시켰던 일의 흔적이 고스란히 배어 있었다. 그것은 나라에서 생산 주문이 들어오는 아이언유리의 주요 성분 비율과 끓이는 온도와 시간 등 자세한 정보가 기록된, 말하자면 문만의 또 다른 작업 일지였다. 설령 군사들이 이것을 들여다보더라도 정규 작업 일지와 마찬가지로 높은 장인들끼리만 약속된, 이 세상에 통용되지 않는 기호와 언어로 작성된 것이라 무슨 내용인지 장인들을 고문하기 전에는 알지 못할 테지만, 언제 문이 어른들의 어깨너머로 이 언어를 배워 갔는지 모를 일이었다. 규칙을 어기고 어른들을 속인 데 대해 분노와 감탄 사이 어디쯤에서 마음이 진동을 일으켰지만, 그래도 오랫동안 익히고자 한 열의만은 칭찬해 주고 싶었다…… 낱장을 넘길수록 뭔가 이상한 점이 드러나기 전까지는.

처음에는 숫자 하나까지 어른들이 알려 준 대로 외우고 기록해 나갔던 문의 일지가, 세월이 흐를수록 조금씩 변칙적인 양상을 띠었다. 가마의 온도가 1도 낮아진 채로 재료가 구워진 날이 있는가 하면, 냉각 시간을 10초나 늦춘 날도 있었다. 이런 기초적인 숫자를 착각할 리 없는데 재료의 혼합 비율이 눈에 띄게 달라진 기록도 남아 있었다. 그런 과정을 거쳐 어느 때는 더욱 투명한 유리를 얻었을지도 모르고, 점도 변화가 일어난 유리가 그대로 출고되었는지도 모를 일이었다. 그로 인해 어쩌면 조금 더 아름답게 빛나는 결과물이 나올 수도 있지만, 그 아름다움에 반비

례하여 강도가 떨어질 가능성을 배제할 수 없었다. 일지에는 문이 각종 수치를 변경해 가며 끊임없이 비교 분석한 흔적이 나타나 있었고, 그것의 결말은 라로가 오래전 최고 장인의 허락 아래 단 한 번 보고 외워 버린 적 있는 금고 속 문서의 그것과 거의 가까워지고 있었다. 허가 없이 유리 제조 방법을 기록한 행위도 공방에서는 처벌 대상이었는데, 어쩌면 문이 금고를 남몰래 열어 보거나 하지 않았을까 하는 생각에 이르자 라로는 초조해졌다.

고대로부터 전해져 온 유리 제조 방법은 세월을 거듭하며 유리의 구조가 더욱 치밀해지고 견고해지는 쪽으로 발전해 왔으나, 그 변화 양상은 정확히 파악하기 어려웠다. 비법의 핵심이 입으로만 전승되어 부분적인 수치가 누락되기 때문에도 그렇지만, 애초에 금고 속 문서는 고대의 방법을 담은 내용을 변경 없이 그대로 담아 보존하는 것이 주된 목적이었으며 전설 속에서나 통했을 법한 제조 방법을 오늘날 그대로 적용할 수는 없었다. 공방의 누구도 실제로 고대의 방식으로 만들어 본 적은 없으나 지금의 유리가 더욱 강하리라는 점만은 분명했으므로.

그런 상태에서 문은 다른 이들이 모르게 상당 부분 고대의 방법을 가미하여 재료를 혼합하고 끓이고 굳힌 결과물을, 완성된 유리 사이에 무작위로 섞어 도로 포장용으로 출고했을 것이다.

문이 지금 가고 있는 곳은 그 오랜 옛날 방식대로 제작된 유리가 깔린 채 방치된 금지 구역이었다. 누구도 살고 있지 않으니 아무 일도 일어나지 않으리라 여겼던, 비록 옛 유리라도 사람의 발길이 닿지 않은 채 그대로 보존된 까닭에 앞으로도 오래도록 안전하리라 믿었던, 그 같은 기대를 배신했음을 비로소 알게 된 장소에서, 그 많은 사람을 데리고 문은 무엇을 하려는 걸까. 그러고 보니 전날 문이 올린 보고만으로는 그곳의 유리가 시간의 손톱에 의해 얼마만큼의 생채기가 났는지, 그곳에는 앞으로 얼마큼의 시간이 남았을지를 가늠할 수 없었다.

"당장 가서 막아야 해."

라로는 몸을 일으켰다. 이 일이 만천하에 드러나면 공방에 어떤 형태의 파멸을 가져올지, 장인들 모두 반역 내지는 내란죄로 참수형에 처해질지 모른다고 생각하면서도 그들을 가지 못하게 해야 한다는 생각만이 앞섰다.

라로가 공방을 뛰쳐나가려는데 대문 앞에서 군사들이 가로막았다. 내보내 주십시오, 금지 구역은 지금 위험합니다, 그들의 발길을 돌리지 않으면 더 큰일이……. 그러나 군사들은 그 말의 맥락을 이어 듣지 않았으며 다만 그가 광인 시늉을 함으로써 탈출을 도모하려는 줄로 알고 모여들어선 발길질로 진압해 버렸다.

군사장을 비롯한 몇을 제외하고 나머지는 소스라치다 쭈뼛거리다 하면서 들어서기를 망설이고 있었다. 대부분의 군사들은 이전에 금지 구역 가까이 와 본 적이 없었다. 금지 구역의 문지기들은 한 무리의 군사가 나타나자 얼어서 문에게 통행증을 보여 달라는 소리도 미처 하지 못했다. 이 경계선 너머에서 무슨 일이 일어나고 있기에 전날 본 젊은 청년이 다시 왔으며, 더구나 이 많은 군사들까지 함께했단 말인가? 청년은 무슨 엄청난 일이라도 저질렀나? 혹시 반역죄인이어서 이 아래 펼쳐져 있다는 알 수 없는 무한의 세계로 낙하하는 형벌이라도 집행되는 걸까? 문지기들은 구석에 모여 수군거렸다.

"안내하라."

군사장이 턱짓으로 가리키는 대로 문은 천천히 앞장섰다. 잠깐 멈춰 서서 그 뒷모습을 바라보던 군사들은, 발아래로 누구도 끝을 알지 못하는 허공이 펼쳐져 있다는 절박하고도 특별한 감각에 다소 도취되었으며, 청년이 이 세상 비밀의 열쇠를 쥔 선지자라도 되는 양 주춤거리며 뒤를 따랐다. 평소 도심에서 보던 분주한 생활의 움직임이나 소음 없이 고요한 유리 대지만이 그들 눈앞에 펼쳐져 있었고, 도심에서 바닥 깊이 자리한 흙과 물을 그대로 비추어 내는 것과 달리 이곳의 대지는 바닥 아래가 존재하지 않음으로 인하여 맑고 투명함이 더한층 강조된 까닭에 유리가 반짝이는 모양이나 방식, 눈부심의 각도 같은 것이 낯설게 다가온 것이다. 하늘에서 떨어지는 빛을 난반사하여 유리 대지가 쏘아 올리는 입자들이 흔들렸고, 뒤따르는 군사들은 제 발밑에서 솟아오르는 빛에 홀린 듯 그 움직임을 눈으로 좇았다. 빛이 발

아래 허공을 일부 가려 주어서 그들은 흡사 구름을 밟고 걷는 느낌이었다……. 그러고 보니 얼핏 발밑이 흔들리는 듯도 했다. 앞서 가는 문의 등에서는 그 어떤 속셈이나 기류도 감지할 수 없었다. 군사장이 외쳤다.

"멈춰라. 어디까지 가려느냐."

문이 돌아서서 바라보았을 때 그들은 이미 나아가기엔 망설여지나 되돌아가기에는 늦은 허공의 한가운데 서 있었다.

"설명하겠다고 하지 않았느냐. 이곳의 유리가 어떻다는 것인지."

"지금 보시는 그대로입니다."

문의 미소는 산란되는 빛에 순진하고도 기묘하게 일그러졌다.

"가장 유리다운 모습, 유리 본연의 형태를 간직한 곳이니 내려다보아 주십시오."

군사들은 저마다 발밑을 살폈으나 그 무엇으로도 바래지 않는 영원을 닮은, 영원을 노래하는 것만 같은 빛의 풍부함 외에는 아무것도 알아차릴 수 없었다. 발아래로는 희미한 허공의 무늬만 드문드문 드러났다. 한동안 이어지던 적막을 흔드는, 그러나 머뭇거리는 듯한 군사장의 목소리.

"이곳이 어쨌다는 건지, 여기다가는 무슨 수작을 부렸다는 건지 말하라."

"누구도 그 무엇도, 입히거나 때우지 않았답니다. 처음 유리가 만들어졌을 때의 모습 그대로 이곳에 깔려 대지를 이루었고, 깊이 모를 허공과의 거리를 차단했습니다. 그리고 마침내 유리와 가장 어울리는 결말을 맞이하게 됐습니다."

군사장이 그 말뜻을 거듭 캐묻기 전에, 수많은 사람들의 무게를 견디지 못한 유리 대지 곳곳에서 찍, 찌직 흡사 생쥐가 우는 듯한 신음이 새어 나왔다. 먼 옛날 금지 구역의 세상 바깥으로 투하되었다던 쥐 떼들이 다시 살아 오기라도 한 것 같은 맹렬하고도 공격적인 소리였다. 발밑에서 무슨 일이 벌어지는지 본능적으로 눈치챈 군사들이 아우성을 치며 돌아 나가기 위해 달리기 시작했을 때는 이미 쩍 소리와 함께 대지가 꺼져 내렸고, 넘어지며 쓸리며 서로의 팔다리를 붙잡아 보았으나 미끄러운 유리 대지에는 손톱 한 개 걸어 지탱할 만한 데가 없었으므로, 결국 산산조각 난 대지의 파편과 함께 사람들은 거대한 덩어리가 되어 측량 불가능한 진공의 세계로 떨어졌다. 꼬리를 길게 물던 비명을 허공이 삼키며 어느새 소리의 여운마저 녹아 사라졌다.

파손된 유리 조각의 일부는 그 자리에서 파도의 일렁임 같은 잔잔한 빛을 피워 올렸고, 문은 그 부서짐이야말로 진정한 유리라는 걸 알았다. 파훼를 전제로 하는, 불멸을 약속하지 않는, 있음 자체가 목적일 뿐 그 너머에 펼쳐진 어떤 것과도 인과를 맺지 않는 유리. 한 무더기의 군사가 점이 되어 다른 세계로 넘어갔으나, 한번 갈라지기 시작한 유리 대지는 균열의 무도를 멈추지 않고 존재하지 않는 지축을 흔들며 문에게로 질주해 왔다. 숨이 붙어 있는 모든 것의 목덜미를 낚아채는 맹금류의 발톱처럼 튀어 오르는 유리 조각들이 문의 얼굴을 할퀴었다. 문이 지금까지 만들어 낸 그 어떤 유리로도 이와 같이 아름다운 순간은 볼 수 없었다.

오 문 세 … 거울 속에 있다

그런 생각, 해 본 적 없어? 오랫동안 거울을 들여다보고 있으면 갑자기 무서워질 때가 있잖아. 도대체 이건 누굴까, 하고.

불안(不安)

「명사」

「1」마음이 편하지 아니하고 조마조마함.

「2」분위기 따위가 술렁거리어 뒤숭숭함.

「3」몸이 편안하지 아니함.

까맣고 큰 눈. 부드럽게 내려오는 코. 적당히 도톰한 입술. 입술 아래에 붉게 찍힌 여드름.

여드름!

면봉을 들고 조금씩 고름을 짜낸다. 둔탁한 통증과 함께 머리를 죄고 있던 스트레스가 약간이나마 가신다. 면봉 끝에 집중하던 시야가 넓어지면서 거울 저편의 얼굴이 전체적으로 눈에 들어온다.

여전하구나, 너.

턱을 내리고 고개를 틀며 좋은 각도를 찾는다.

열여덟이면 예민한 나이야.

어제저녁이었다. 빨리 나와서 밥 먹으라고 치근대던 동생의 머리를 나도 모르게 쥐어박자 엄마가 한 말이다. 열 살 터울의 늦둥이 여동생은 고장 난 시계처럼 울었다. 아빠는 불같이 화를 냈다. 엄마의 보호가 아니었으면 저녁은 물론이고 아침까지 못 먹을 뻔했다.

아침에 사과 한 알은 빼놓을 수 없는 일과다. 집안의 자랑이자 나의 미래인 외모를 관리하는 데 중요한 부분이기 때문이다.

아이돌? 배우? 모델? 아니면 아나운서?

세상에는 공부만으로 달성할 수 없는 눈부신 목표들이 있다. 확실하게 정해 놓은 건 아니지만 그중에 한 자리는 자연스럽게 내 차지가 될 터였다.

큰 걱정은 없다. 나에게는 항상 적당한 운과 기회가 따랐다. 어떤 종류의 사람은 태어날 때부터 그런 식의 삶이 보장된다.

사람들의 반응이 다르다고 생각한 건 유치원 때부터다. 딱히 노력하지 않아도 나를 위해 뭔가를 해 주고 싶어 하는 이들이 많았다. 어쩌다 말도 안 되는 투정을 부려도 거절당하는 일이 없었다.

선생들은 모든 원생을 똑같이 사랑한다고 말하면서도 잘 빚은 송편처럼 가지런한 아이들을 더 챙겼다. 나는 그런 아이들 중에서도 독보적이었고, 그런 만큼 대접받았다.

어쩜 이렇게 귀엽게 생겼을까.

예쁘장한 얼굴 덕분에 아이들 사이에서 인기가 많던 한 선생은 나를 보며 종종 그렇게 감탄하곤 했다. 혹시 나는 특별한 사람이 아닐까? 하고 생각했던 기억이 난다. 틀린 생각은 아니었다.

심심할 때 가끔 들춰 보는 포켓 사전은 선생이 선물한 거다. 유치원을 떠나던 날 아침이었다.

너는 잘생기고 똑똑해서 아나운서를 하면 성공할 거야.

선생이 말했다.

이게 도움이 됐으면 좋겠어.

손때가 묻은 낡은 사전이었다. 사전의 속표지에는 선생의 이름이 적혀 있었다. 나 대신 엄마가 고개 숙여 감사를 표했다. 그때는 그게 어떤 의미인지 알지 못했다.

이제는 안다.

말하자면 선발 주자의 염원이 담긴 바통 같은 것이다. 멋진 인생을 향한 부적이랄까. 고등학교에 입학하고 옷장을 정리하다 우연히 발견한 뒤부터는 습관처럼 뒤적이고 있다. 이미 알고 있어도 새삼 재미있게 읽히는 단어가 많다.

미인(美人)

「명사」

「1」아름다운 사람.

「2」재덕(才德)이 뛰어난 사람.

나는 네가 되고 싶어.

트롤이 말했다.

뭐?

내가 묻자, 한 번 더 말했다.

네가 되고 싶어.

지난주의 일이다. 눈송이처럼 차가운 트롤의 손이 뺨에 닿던 느낌이 남아 있다. 우리는 더 이상 친한 사이가 아니었는데 왜 그런 행동을 했는지 모르겠다. 나는 주먹을 뻗었고, 반장이 소리를 지르며 말릴 때까지 트롤의 얼굴을 어설프게 때렸다.

엄마끼리 친구이기 때문에 아이들까지 친구. 트롤과 나는 한때 그런 관계였다. 엄마들은 고등학교 동창이었다. 정작 고등학교 시절에는 그렇게 가까운 사이가 아니었다는데 어느 틈에 둘도 없는 친구가 됐다.

한 달, 혹은 석 달, 혹은 반년. 열 살 언저리부터 잊을 만하면 한 번씩 엄마의 손을 잡고 트롤과 트롤의 엄마를 만나러 갔다. 전부터 엄마는 목소리가 크고 행동에 거침이 없었다. 작은 눈. 코 옆에 박힌 커다란 점. 얇디얇은 입술. 함께 밖으로 나가면 얼굴이 뜨거워졌고 얼른 집으로 돌아가고 싶었다.

트롤의 엄마는 그렇지 않았다. 선이 가늘고 피부가 투명한 사람이었다. 한때 잡지 모델로 활동한 적이 있다고 들었다.

아드님이 엄마를 많이 닮았네요.

네 사람이 같은 자리에서 마주 보고 앉아 있으면 사람들이 곧잘 오해하곤 했다. 그럴 때마다 나는 애써 해명했다. 언제나 묘한 죄책감이 따랐다.

"재는 왜 저러고 사나 몰라?"

스마트폰을 쥐고 SNS에 올린 프로필 사진의 반응을 살피던 반장이 한심하다는 듯 입을 연다. 누구냐고 묻지 않아도 알 수 있는 비난이다.

짧게 한숨을 쉬고 들고 있던 손거울을 덮는다.

"너무 그러지 마."

반 아이들은 이유도 없이 트롤을 싫어한다.

"갑자기 왜 착한 척?"

반장이 스마트폰에서 눈을 떼고 이쪽을 본다. 책을 읽는 사람처럼 꼼꼼하게.

"난 참 예쁜 남자한테 약하다니까."

늘씬한 몸매에 시원스러운 성격으로 인기가 많은 애다. 한 달 전쯤 사귀자는 내 제의를 흔쾌히 받아들일 때도 똑같은 말을 했던 기억이 난다. 트롤이 반장을 좋아한다는 소문이 돌았지만 그런 건 아무래도 좋았다.

가만히 들여다보면 얼굴 자체는 비교적 평범하다. 화장이 잘 먹거나 편집 프로그램의 보정이 들어가지 않으면 반장은 자신의 사진을 절대 SNS에 올리지 않는다. 얼굴의 반을 가리는 선글라스를 선호하는 것도 그 때문일까? 반장의 계정에는 본인보다 내 사진이 더 많다.

"그 얼굴에 인격까지 챙기려고 하는 건 반칙이지. 사람을 그렇게 때려 놓고서."

반장이 투덜거린다. 왠지 못된 짓을 하다 들킨 것 같은 기분이다.

"농담이야, 농담. 재가 맞을 짓 해서 맞았다는 거 나도 잘 알지. 화났어?"

내 표정을 살핀 반장이 얼른 사과하며 손을 내민다. "화나긴." 하고 마주 잡는 척하다 손바닥을 간지럽힌다. 반장이 크게 웃는다.

"예쁜이, 바다 가서도 한눈팔기 없기!"

반장이 말한다. 나는 "벌써부터 바다 얘기야." 하면서도 "한눈 안 팔아." 하고 대답한다.

"그럼 약속한다는 의미로 사이좋게 한 방 찍자."

반장의 손에 들린 스마트폰이 천장 높이 올라간다.

스마트폰 액정에 비치는 내 모습은 거울 속의 모습과 비슷하다. 숨을 쉬고 눈을 깜빡이는 것처럼 의식하지 않아도 자연스럽게 포즈가 잡힌다.

"하나, 둘."

팔짱을 끼고 세상 둘도 없는 연인처럼 웃는다. 스마일, 플래시.

"이거 올려도 돼?"

만족스러울 만큼 잘 나온 사진은 아니지만 어깨를 으쓱한다. 반장은 신나서 방금 찍은 사진을 SNS에 올린다.

반장의 열정적인 인터넷 활동 덕분에 나는 꽤 많은 사람들에게 알려져 있다. 여자들에게 뜬금없는 메시지도 많이 받았다. 간간이 피팅 모델로 활동해 달라거나 아이돌, 혹은 배우 오디션을 보러 오라는 제의도 있었다.

여자친구 있는 사람이거든요? 사람들의 댓글에 반장은 신경질적으로 반응했다. 그러면서도 조금씩 인기를 끌기 시작한 SNS 활동은 멈추지 못하는 모양이다.

"야, 트롤."

1교시가 시작하려면 시간이 좀 남았다. 금세 카메라를 다시 켠 반장은 표정에 드러나는 비웃음을 감추려고도 하지 않은 채 트롤을 부른다.

"할 거 없으면 너도 와서 같이 찍자."

트롤은 볕이 들지 않는 어둡고 습한 곳에 엎드려서 생기 넘치는 교실의 풍경 밖으로 한참 물러나 있다.

"못 들은 척?"

반장이 목소리를 높인다. 트롤이 고개를 든다.

"너 나 좋아하잖아? 연인처럼 한번 찍자."

자존심 강한 반장은 내가 봐도 유치한 구석이 좀 있다. 나는 트롤이 거절할 거라고 생각한다.

그러나 트롤은 대답 없이 의자를 뒤로 빼고 자리에서 일어나 반장에게 걸어온다. 반장도 나도 의외의 상황에 놀라 몸을 뻣뻣하게 뒤로 당긴다.

"진짜 찍으려고?"

트롤이 반장과 내 사이로 비집고 들어오자 반장이 당황해서 말한다. 트롤은 스마트폰에 달린 카메라를 향해 고개를 들고 어색하게 미소 짓는다.

"내가 빠져야 되나?"

떨떠름한 기분으로 뒤로 물러선다. 반장은 일부러 꾸민 듯 지나치게 화사한 미소를 짓고 스마트폰을 추켜올린다.

스마일, 플래시.

"잘 나왔다, 이거."

반장이 묻지도 않고 찍은 사진을 냉큼 SNS에 올린다. 사진에 붙은 문구는 거창하게도, 사랑의 라이벌 등장! 비척거리며 자리로 돌아가는 트롤의 뒷모습을 눈으로 좇는다. 왠지 기분이 좋지 않다.

트롤(Troll)

「명사」

북유럽의 신화·전설에 등장하는 상상 속 괴물. 주로 거대하고 흉측한 생김새로 묘사되지만 전승 지역과 이야기에 따라 그 모습과 특징이 다양하다.

트롤이라는 단어는 내가 들고 다니는 케케묵은 포켓 사전에 기재되어 있지 않다. 대다수의 외래어가 그렇듯 인터넷에서만 뜻을 찾을 수 있는 단어다. 판타지 장르의 게임이나 영화를 좋아한다면 익숙한 개념일 것이다. 미남미녀로 구성된 주인공 일행이 검과 활을 들고 처치하는 괴물 형태의 악당 중에는 항상 트롤이 있다.

처음에는 시답지 않은 장난이었다. 호감을 사고 싶어 하는 여자애들 중 몇 명이 나를 엘프족, 엘프남, 엘프라고 불렀다. 트롤과 마찬가지로 북유럽 신화에 나오는 아름다운 요정을 뜻하는 말이다. 나는 별생각 없었다. 외모에 대한 칭찬은 그 전에도 많이 들었으니까.

같이 붙어 다니던 친구를 트롤이라고 부르기 시작한 게 누구였는지 기억나지 않는다. 기억해 낸다 해도 별다른 의미는 없을 것이다. 지금은 모두가 친구를 트롤이라고 부르기 때문이다.

당시 친구는 엄마의 빼어난 외모에 비하면 초라했지만 괴상한 별명이 붙을 만큼 못생긴 아이는 아니었다. 엘프와 트롤이라는 별명은 단지 우리가 함께였기 때문에 붙은 애칭이었을 뿐이다.

변화가 찾아온 건 나중의 일이다.

열일곱을 지나 몸과 마음이 변덕스러운 날씨처럼 들쭉날쭉할 때였다. 그즈음에 친구의 부모님이 이혼을 했고, 친구는 엄마가 데리고 온 처음 보는 중년의 남자를 의붓아버지로 맞이했다. 친구를 향한 친구 엄마의 관심은 조금씩 계부에게로 옮겨 갔다.

엄마는 가끔 친구의 엄마와 만나고 온 뒤 친구네 이야기를 했다. 어렵게 선택한 새 출발의 첫걸음에 친구의 방황이 걸림돌이 되고 있다는 투였다. 혹시 친구에게 들은 게 없냐고 넌지시 묻기도 했다.

친구의 엄마와 달리 친구는 나에게 아무 말도 하지 않았다. 그래서 정확히 어떤 상황이었는지는 모른다. 그게 계기였는지도 알 수 없다. 아무튼 친구는 계속해서 어둠 속으로 침몰해 갔다. 그것만이 분명한 사실이다.

학년이 오르고 우리는 또 같은 반이 되었다. 하지만 엘프와 트롤은 전처럼 친한 사이로 남을 수 없었다.

개학 후 다시 만난 친구는 살이 쪘고 말수가 줄었으며 피부가 푸석푸석했다. 내가 거울을 보는 시간과 친구가 여드름을 짜는 시간이 거의 비슷했다.

우리에게 붙었던 별명은 이름보다 가까운 고유명사가 됐다.

“공부 중이니?”

사전을 펼쳐 놓고 얼마 전까지의 과거에 잠겨 있다가 퍼뜩 정신을 차린다. 좁게 열린 문틈으로 엄마의 얼굴이 보인다.

"노크했는데 대답이 없어서. 저녁 먹어야지."

동생은 지난번의 일로 화가 아직 풀리지 않았다.

"이제 슬슬 화해하는 게 좋지 않을까?"

인생의 순위에 늘 아들을 앞세우는 엄마도 이번만큼은 내가 양보하기를 바라는 눈치다.

책상 구석으로 사전을 밀어 두고 앞에 놓인 탁상 거울에 얼굴을 비춘다. 동생을 쥐어박게 만든 실질적인 원인이 여전히 입술 아래에 굳건하다.

"걔는 툭하면 징징대."

짜증스럽게 말을 뱉는다.

"한참 어린 나이잖아. 오빠가 이해해야지."

"나 하나 생각하는 것도 벅차."

엄마는 문을 조금 더 열었다가 한숨을 쉬고는 "알았어." 하고 완전히 닫는다.

엄마와 아빠는 함께하는 식사가 행복의 필수 요소라고 생각한다. 저녁을 아빠의 퇴근 시간에 맞춰 늦게 먹는 것도 그런 이유에서다.

내 생각은 다르다. 아침이 미용을 위해 꼭 챙겨야 하는 의식이라면 저녁은 걸러도 되는 의무다. 행복은 식사와 아무 상관 없다. 나는 그걸 경험을 통해서 안다. 행복을 위해 당장 해야 할 일은 하나뿐이다.

서랍을 열고 가지런히 정리한 피부 관리 용품 사이에서 압출용 니들과 면봉을 꺼낸다. 알코올 스왑으로 조심스럽게 소독한 뒤 빨갛게 타오르는 피부 위를 가볍게 찌르고, 누른다.

애지중지 가꾸던 얼굴 한구석에 피어난 흉물스러운 오점은 가라앉을 기색이 없다.

"제발 좀."

나도 모르게 중얼거린다.

이런 기분이었을까? 느닷없이 트롤의 얼굴이 떠오른다. 달 표면처럼 우둘투둘 솟아 있던 피부와 그 위로 종종 보였던 진물, 그리고 핏방울.

보이는 것보다 보이지 않는 게 더 중요한 거야.

담임이 말했다. 나를 변호하기 위해 나선 반장을 나무라며 나온 소리였다. 평소라면 별일 없이 넘어갔을 텐데 복도를 지나던 옆 반의 담임이 교실 바닥에 엎어진 트롤을 본 게 문제였다.

역겹게 생겨 가지고 기분 나쁘게 자꾸 따라다니는 걸 얘가 지켜준 거라니까요? 트롤은 감정이 담기지 않은 눈으로 반장의 말을 듣고 있었다. 반장이 불만스러운 표정으로 트롤을 쏘아보았다.

그만, 그만. 너희도 이런 일 갖고 부모님 오라 가라 하면 피곤하겠지? 둘 다 사과하고 끝내자.

반장은 꼿꼿하게 서서 트롤이 먼저 시비를 걸었다고 계속 항변했지만, 나는 형식적으로나마 손바닥을 내밀고 사과를 청했다. 트롤이 마주 잡으면 일사천리로 사라질 사건이었다.

그럴 리가 없잖아요.

여느 때처럼 조용히 넘어갈 거라고 생각했던 트롤이 기습같이 입을 열었다.

자기도 모르게 튀어나온 말인 듯했다. 교실 안이 술렁였다. 담임은 놀란 표정으로 눈을 크게 떴다.

뭐?

트롤은 후회하는 눈치였다. 그러나 이제 와서 그만둘 수는 없었다.

보이지 않는 건 그냥 보이지 않아요. 보이는 게 전부예요. 볼펜 한 자루를 사더라도 디자인을 보고 사는 게 사람인데. 하다못해 신생아도 잘생기고 예쁜 사람을 보면 더 자주 웃는다잖아요.

담임은 교탁을 짚고 서서 잠깐 틈을 두었다. 쉽게 정리될 거라고 여겼던 일이 의도치 않게 길어지자 피곤한 기색이 역력했다.

그렇지 않아. 겉으로 드러나는 모습만으로 세상을 판단해서는 안 되는 거야. 너희 나이에는 물론 외모가 전부라고 생각하기 쉽지만…….

담임이 감동적인 연설을 하는 동안 나는 트롤을 보고 있었다. 트롤은 눈 한번 깜빡이지 않고, 아무것도 보고 있지 않았다.

내가 발작적으로 주먹을 뻗지만 않았어도 별다른 문제 없이 지나갈 수 있는 일이었다. 기분이 나쁘긴 해도 다짜고짜 때릴 정도는 아니었던 것이다. 그럼에도 불구하고 트롤은 비난하지 않았다. 마치 본인에게는 그런 식의 일상이 당연하다고 여기는 듯했다.

트롤과 같은 아이들의 하루가 어떤 형태일지 나는 짐작도 가지 않는다.

짐작도 가지 않지만.

굳이 내가 그걸 알아야 할 필요가 있을까?

태어나면서부터 남과 다른 재능을 지닌 사람은 많다. 천재적인 음악가, 천재적인 과학자, 천재적인 육상 선수, 천재적인, 천재적인.

사람들의 평가는 유독 생김새에 대해서만 박하다. 천재적인 재능 중에는 천재적인 외모도 존재한다는 걸 받아들이고 싶어 하지 않는 것이다.

노력 없이 재능만으로 성공할 수 없다는 건 나도 안다. 하지만 사람들은 하루에도 몇 번이나 거울을 들여다보며 관리에 신경 쓰는 걸 노력이라고 보지 않는다.

그런 점에서 트롤이 세상의 모든 부당함을 혼자 짊어진 척하는 건 공평하지 못하다. 정말로 억울한 사람은 나일 수도 있다.

여드름을 어느 정도 정리하고 자리에서 일어선다. 쥐고 있던 면봉을 쓰레기통에 집어넣고 벽에 걸린 전신 거울 너머의 자신을 확인한다.

단정하게 생긴 소년이 불안한 표정으로 이쪽을 보고 있다. “괜찮아.” 다짐하듯 속삭인다. “아무 일도 없어.”

SNS

「명사」

소셜 네트워크 서비스(Social Network Service)의 약자로, 온라인상에서의 의사소통 및 정보 공유를 통해 사용자들이 사회적 관계를 형성하고 강화할 수 있게 해 주는 서비스를 말한다.

여드름이 늘었다.

그나마 다행인 건 방학이 시작돼서 아무에게도 내 얼굴을 보일 필요가 없다는 거다. 한참 전에 약속했던 반장과의 바다 여행은 계속 미뤘다.

나는 한동안 방에 틀어박혀서 필사적으로 여드름을 짰다. 큰 효과는 없었다. 짜내면 조금 가라앉는다 싶다가도 다시 모습을 드러냈다. 끝나지 않는 두더지잡기를 하는 기분이었다.

환자분 나이 대에 흔히 벌어질 수 있는 일입니다. 피지 분비량이 늘면 아무래도 여드름 한두 개쯤은 나기 마련이죠. 흉터가 남을 수 있으니까 압출하고, 먹는 약을 처방해 드릴게요. 시간이 지나면 나아질 테니 너무 걱정 마시고요.

말끔하게 생긴 피부과 원장은 정기적인 치료를 권했다. 나는 약을 먹었고 시술을 받았으며 생활 패턴을 전보다 더 규칙적으로 바꿨다.

소용없었다.

방 안 곳곳에 거울이 있었고 어디에나 내 얼굴이 떠다녔다. 화가 났다. 울고 싶었다. 여드름을 짜다가 손톱으로 얼굴 전체를 긁어 버리지 않기 위해 안간힘을 써야 했다.

"오빠는 저주받은 거야."

가족끼리 모여 아침을 먹는 중이었다. 나는 고집스럽게 혼자서 사과 한 알을 씹었다. 동생과 나는 아직도 서로에게 말을 걸지 않고 있었다. 사실 나는 피부과 원장을 제외하면 누구에게도 말을 걸지 않았다.

동생의 목소리가 의미가 되어 머리에 들어오기까지 시간이 걸렸다. 숙이고 있던 고개를 든다.

"그게 무슨 소리야?"

목소리가 떨린다. 식탁을 짚고 자리에서 일어선다.

저주라니, 사전에 나와 있는 그대로의 의미는 아닐 것이다. 동생이 보는 멍청한 애니메이션에 나오는 용어겠지.

알고 있는데도 가슴이 철렁 내려앉는다.

"그만하고 마저 밥 먹자."

당황한 아빠가 짐짓 엄한 목소리로 입을 연다. 엄마는 눈을 흘기며 동생의 등을 때린다.

"그게 무슨 소리냐고?"

부모님의 노력에도 아랑곳하지 않고 다시 묻는다. 이번에는 동생이 겁을 먹는다.

"이리 와, 너. 아주 혼날 줄 알아."

엄마가 허술한 핑계를 대며 동생을 데리고 자리를 피한다. 나는 손끝으로 천천히 얼굴을 쓰다듬는다. 촉감으로 피부에 펼쳐진 난장판이 전해져 온다.

"여드름 좀 난다고 안 죽어. 요새는 외모보다 능력인 거 몰라?"

아빠가 식탁 위를 굴러다니는 먹다 만 사과를 집어 들며 말한다.

외모보다 능력? 아빠는 외모가 곧 능력이라는 걸 모른다. 지금껏 내가 살며 누려 온 그 많은 운과 기회가 전부 다 탁월한 이 능력에서 비롯되었다는 것도.

애초에 내가 잘생기지 않았다면 반장이 나에게 관심을 보였을까? 주머니에서 손거울을 꺼내 물끄러미 들여다본다. 반장이 보고 싶다. 이걸로는 안 돼.

손거울을 식탁에 던져 놓고 아빠의 손에서 사과를 빼앗다시피 가져온다. 그리고 다시 고개를 숙인 채 묵묵히 방으로 향한다. 책상 앞에 앉아 스마트폰으로 반장의 SNS 계정에 접속한다. 마지막으로 올라온 내 최근 사진은 지난번 교실에서 반장과 트롤이 찍을 때 배경에 흐릿하게 찍힌 거다. 언뜻 보면 모르지만 그래도 나라는 걸 알 수 있을 정도의 화질.

사람들의 댓글이 수두룩하게 달려 있다. 대부분 외모에 대한 멘트다.

사랑의 라이벌 등장!

- 경쟁이나 되겠냐 이런 괴물이랑?

- 괴물 ㄴㄴ 트롤 ㅇㅇ

- ㅋㅋㅋㅋ

- 뒤에 남친임? 잘생김이 여기까지 묻어나네

누구나 잔인한 생각을 한다. 대놓고 입 밖에 내는 사람이 드물 뿐이다. 그러나 이름과 얼굴이 드러나지 않는 세계에서는 다르다.

조롱과 욕설, 욕설과 조롱. 하나하나 읽다 보니 토할 것 같은 기분이 들어 입을 틀어막는다. 전에는 이런 생각을 하지 않았다. 신경 써서 읽어 본 적이 없어서일까.

이후에 올라온 다른 사진들을 본다. 바로 엊그제 등록된 사진에서 손을 멈춘다.

바다에서 우연히 만난 반 친구랑♡

심장이 무너지는 기둥처럼 떨어져 내린다. 낯간지러운 제목 밑으로 비키니 차림의 웃고 있는 반장과 익숙한 듯 익숙하지 않은 남자의 얼굴이 보인다. 사진에 달린 반장의 글을 읽는다.

사실 엄청 싫어하던 앤데 이번에 같이 얘기해 보니까 의외로 잘 통하더라

그리고 댓글.

-벌써 갈아탐?

-사랑합니다 사랑합니다 사랑합니다

-저번에 개잖아 븅신들아

-개소리 사절

-얘 별명 트롤임

-사진빨이냐?

쭉 이어지는 댓글의 행렬 거의 마지막에 트롤이 직접 쓴 댓글이 있다.

-사진 고마워 나도 즐거웠어

반장을 좋아하기는 하지만 정말로 진지하게 미래를 그려 본 적은 없다. 반장도 마찬가지라는 걸 알기에 미안하지는 않다. 우리 또래는 대부분 그렇지 않을까? 아마도 반장은 나중에 나보다 더 능력 있는 남자랑 결혼할 거다. 나 역시 그럴 테고.

그런데도 반장과 트롤의 사진은 종이를 뚫고 들어오는 송곳처럼 아프게 마음을 찌른다.

트롤을 찍은 사진이 몇 장 더 있다. 반장과 같이 찍은 것도 있고 트롤의 계정에서 가져온 것도 있다. 빠르게 넘기며 보던 중 댓글 하나가 시선을 잡는다.

-얘 소개 좀 시켜 줘

신중하게 그린 초상화처럼 진지한 눈빛을 한 열아홉 살 선배다. 한번 만나 보자며 보낸 메시지를 읽었던 기억이 난다. 외모가 마음에 들지 않아 바로 삭제했던 기억도.

반장은 언제나 그랬던 것처럼 열심히 SNS를 업데이트하고 있었고 그중에는 내 예전 사진도 보였다.

-고놈 참 잘생겼다

-ㄷㄷㄷ 완전 연예인 수준

-얘 요새 뭐 함?

-나랑 결혼함

-남자가 왜 나보다 예쁘냐고 ㅠㅠ

-피부과 다닌다는 소문 있던데

-역시 언니 남자친구가 최고

-우웩 성형한 남자 밥맛없어

-사랑합니다 사랑합니다 사랑합니다

들고 있던 스마트폰이 책상 위로 떨어진다. 차가워진 손가락을 주무르다가 손등에 올라온 대여섯 개의 여드름을 발견한다.

거울 속에서 이쪽을 보고 있는 열여덟 살의 고등학생은 아직도 잘생긴 얼굴을 하고 있다. 붉게 핀 여드름과 정돈되지 않은 머리칼이 원래의 모습을 보이지 않게 할 뿐이다.

"나는 잘생겼어."

소리 내어 말한다.

"태어날 때부터 그랬어."

소문이 나는 건 대수롭지 않다. 지금의 모습을 들키지만 않으면 된다. 앞으로는 꼼꼼하게 얼굴을 가리고 피부과를 찾는 수밖에 없다. 시간이 흐르면 나아질 거라던 의사의 말을 믿어야 한다. 의사가 별로 도움이 되지 않으면 내가 더 노력해서 관리하면 된다.

나는 천재니까. 타고났으니까.

악몽(惡夢)

「명사」

「1」불길하고 무서운 꿈.

「2」차라리 꿈이었으면 싶은 끔찍한 상황을 비유적으로 이르는 말.

방학이 끝나 간다. 치료실 침대에 누워 남은 날짜를 헤아려 보니 앞으로 13일이다.

여드름은 얼굴 전체를 덮었다. 목에도, 가슴과 등에도 나기 시작했다. 며칠 동안 잠잠해질 때도 있었다. 그러나 그뿐이었다.

몇 번이나 만나자며 화를 내던 반장의 연락이 뜸해졌다. 나에게는 시간이 필요했지만 사실대로 말할 용기가 나지 않았다. 어쩔 수 없는 일이다.

"오늘은 여기까지 하겠습니다."

시술을 마친 관리사가 어깨를 두드리고 치료실을 나간다. 주머니에 접어 넣은 마스크를 꺼내 귀에 걸고 후드를 눌러쓴다. 더운 날씨에 피부를 지나치게 압박하는 건 좋지 않다고 들었지만 할 수 없다. 내 얼굴에 문제가 생겼다는 사실을 학교 애들에게 우연히라도 보이고 싶지 않다.

반장의 SNS에 접속하는 건 그만두었다. 점점 올라오는 빈도가 늘어나는 트롤의 사진을 보는 것도 싫었지만 댓글을 읽는 게 무서웠다. 여드름 가득한 내 얼굴이 스마트폰 화면에 뜨고 그 밑에 온갖 모욕적인 댓글이 달리는 악몽을 여러 번 꿨다.

머리를 숙이고 최대한 눈에 띄지 않게 집에 돌아온다. 현관문을 열고 들어가면서 답답하게 조였던 마스크를 풀고 후드를 벗어 던진다. 바로 쿨링 팩을 해야 하지만 오늘은 유난히 피곤했기 때문에 일단 잠을 자기로 한다.

집에는 아무도 없다. 아빠는 회사에 있고 엄마는 동생과 함께 장을 보러 나갔다. 거실 냉장고 앞에 저녁까지 올게, 하고 간단한 메시지가 붙어 있다. 반쯤 감긴 눈으로 쪽지를 읽고 방에 들어와 침대에 몸을 던진다.

그런데 이상한 일이었다.

그렇게 죽을 것 같았는데 잠이 오지 않는다. 몸을 뒤척이며 의식이 멀어지기를 기다린다. 수면의 안락한 그림자 대신 온갖 종류의 생각이 머리를 휘젓고 다닌다.

아이돌처럼 생긴 소문의 아르바이트생. 숨 막히는 몸매의 응원단장. 나이를 믿을 수 없는 40대 동안. 평범한 사람을 평범하지 않게 하는 수식어는 항상 눈에 보인다.

여드름도 눈에 보인다.

아드님이 엄마를 많이 닮았네요.

누군가 말하고 있다.

과연 맞는 말이다. 트롤의 엄마는 아름답다. 나의 엄마는 아름답지 않다. 그럼 트롤과 나도 그래야 하지 않을까? 갑자기 의심이 든다. 그게 더 이치에 맞잖아? 거울에 보이는 나는 달 표면처럼 우둘투둘한 피부를 뒤집어쓰고 있다.

노랗게 솟은 여드름 끝에 진물이 흐른다. 핏방울이 흐른다.

트롤이 더 이상 트롤이 아니라면 엘프는? 나는 도대체 뭐지?

얼굴이 용암이 끓는 것처럼 뜨겁다. 온 세상이 지옥의 불구덩이에 내던져진 듯하다. 날카로운 아픔이 온몸을 훑는다.

아파!

허우적거리며 소리 지른다. 말이 나오지 않을 만큼 고통스럽다. 다시 외친다.

"아파!"

얼굴을 누르고 있던 걸 쳐 내며 눈을 뜬다.

차가운 땀이 등줄기에 흘러내린다. 동생이 내 몸을 깔고 앉아

이쪽을 보고 있다. 나는 끊어질 듯 이어지지 않는 숨을 억지로 들이켠다. 충격을 받아서 잠깐 동안 아무것도 이해되지 않는다.

"어, 일어났다……."

웅얼거리는 동생의 손에 피 묻은 휴지 조각이 쥐어져 있다. 감전된 듯 발작적으로 상체를 일으키며 동생을 강하게 밀친다.

울음소리. 발소리. 문소리. 놀란 목소리.

"무슨 일이야?"

엄마가 묻는다.

"무슨 짓이야!"

내가 소리친다.

동생의 설명은 엉망진창이다. 나는 반쯤 알아듣는다. 저녁 식사 준비를 마친 엄마가 오빠를 깨우라고 방으로 보내자 벌인 짓이다. 얼굴에 고름이 나오고 있는 걸 보고 닦아 내려 한 것이다.

"오빠 얼굴에 함부로 손대면 안 되지."

엄마가 울고 있는 동생을 타이른다. 나는 더 이상 부풀어 오를 수 없는 풍선의 주둥아리를 붙잡고 있는 사람처럼 간신히 화를 누른다.

"나가."

동생이 눈을 동그랗게 뜨고 엄마를 본다. 동생의 도움 요청에 엄마가 내 어깨를 짚으며 입을 연다.

"동생은 너 생각해서……,"

"당장 나가!"

펑.

터지는 풍선.

"사라져!"

엄마는 화들짝 놀라서 동생을 안고 뒷걸음질 친다. 눈물이 뺨을 타고, 여드름을 타고 제멋대로 떨어져 내린다.

자리에서 일어나 두 사람을 밀어낸 뒤 문을 닫아 잠근다.

손바닥으로 눈을 닦아 내고 스마트폰을 집어 든다. 반사적으로 SNS를 연다. 반장의 계정에는 내가 확인하지 않은 수십 장의 사진이 올라와 있다. 내 사진이나 거기 붙은 댓글은 보이지 않는다. 반장이 풀메이크업을 하고 혼자 찍은 사진과 둘도 없이 친해졌다고 주장하는 트롤의 사진이 대부분이다.

아드님이 엄마를 많이 닮았네요.

꿈에서 들었던 말이 떠오른다. 화면을 위로 쭉 올려서 내가 보지 않았던 것부터 최근 것까지 트롤이 찍힌 모든 사진을 천천히 살핀다.

확실히 달라지고 있다. 넉넉했던 살이 빠지고 제멋대로 뻗쳤던 머리가 깔끔하게 정리됐다. 무엇보다 눈에 띄는 건 피부다. 여드름으로 빽빽했던 얼굴이 여름날 정오의 하늘처럼 깨끗하다.

-와 능력 좋다 니 친구는 전부 이렇게 생김?

-사랑합니다 사랑합니다 사랑합니다

-누구 닮았는데?

문득 트롤의 손이 뺨에 닿던 순간이 떠오른다. 눈송이처럼 차가운 손이었다.

나는 네가 되고 싶어.

트롤이 말했다.

아드님이 엄마를 많이……,

"엄마가 아니구나."

스마트폰에 떠 있는 트롤의 사진을 보며 신음처럼 중얼거린다.

"나구나."

이제 알겠다.

복구(復舊)

「명사」

손실 이전의 상태로 회복함.

거울을 본다.

오랫동안 거울을 들여다보고 있으면 갑자기 무서워질 때가 있다.

내 동생은 구제불능의 바보지만 한 가지는 정확하게 맞혔다. 이건 저주다. 그렇지 않고서야 이걸 어떻게 설명할 수 있을까. 거울을 벽에 집어 던진다. 바닥에 흩어진 조각 속에서 수십 명의 트롤이 숨을 헐떡인다.

스마트폰을 들고 오래전에 연락을 끊은 번호를 찾는다. 저장된 번호를 제때에 편집하지 않은 게 행운이었다. 말했듯이, 나에게는 적당한 운과 기회가 따른다.

아직까지는.

"어쩐 일이야?"

30초쯤 기다리고 있었을까. 수화기 저편에서 반갑게 전화를 받는 목소리가 들린다. 화창하고, 어딘가 떨리는 목소리.

"오랜만이다."

내가 말한다.

"할 말이 있어서 전화했어."

"뭔데?"

"얼굴 보고 말할게. 집이야?"

"응."

"바빠?"

"아니, 그냥 있어."

"만나자."

상대는 머뭇머뭇 쉽게 답하지 않는다.

"여전히 집 거기지? 내가 갈게. 앞에서 보자."

"시간도 너무 늦었고……,"

거절할 틈을 주지 않기 위해 일부러 전화를 끊는다.

일어서서 책상 위에 놓인 가방을 챙긴다. 압출용 니들과 면봉, 미용 가위, 눈썹 칼이 아무렇게나 널브러져 있는 게 보인다. 전부 쓸어서 가방 안에 담는다. 마스크를 귀에 걸고 후드를 뒤집어쓴다.

상대의 집까지는 오래 걸리지 않는다. 버스를 타고 10분, 걸어서 5분. 밤인데도 후덥지근한 공기가 숨을 턱 막히게 한다. 목적지에 도착해서 문자를 날린다. 다 왔어. 상대는 답장을 보내지 않는다.

무슨 말을 할까? 충동적으로 여기까지 오기는 했지만 어떤 식으로 대화를 끌어가야 할지 감이 잡히지 않는다. 내가 말할까? 아니면 상대가 말할 때까지 기다릴까? 마스크를 벗어야 할까? 후드는?

기다린다. 상대는 나오지 않는다. 문자를 확인하지 못했거나 확인하고도 무시했거나, 둘 중 하나다. 한 번 더 전화하기 위해 스마트폰을 꺼내는데 멀리서 상대가 손을 흔드는 모습이 보인다.

"그렇게 껴입으면 덥지 않아?"

상대의 첫마디. 나는 눈을 감는다. 심호흡을 하고 다시 뜬다.

"많이 좋아졌네."

내가 말한다.

"뭐가?"

상대가 묻는다. 나는 코웃음을 치려고 했지만 일단 참는다. 벌써부터 적의를 드러내 봐야 좋을 게 없다.

"너, 잘생겼어."

"응?"

상대는 당황하는 기색이다. 나는 마스크 뒤로 감춘 얼굴을 찡그린다.

"모르는 척은. 언제부터 그렇게 된 거야?"

"언제부터라니?"

"그때지?"

마스크를 내린다.

"네가 내 얼굴 만졌을 때, 그때지?"

"무슨 말이야?"

나는 후드까지 벗어 넘긴다. 상대는 순진무구한 표정으로 나를 놀리고 있다.

"이렇게까지 할 필요는 없잖아. 물론 애들이 널 많이 괴롭혔고 내가 때린 것도 사실이지만, 나한테만 이러는 건 불공평하지 않아?"

"애들이 날? 내가 어쨌다고?"

"저주 걸었잖아!"

결국 나는 소리를 지른다. 입 밖으로 내놓고 보니 머릿속으로 생각하던 것보다 더 터무니없이 들린다. 하지만 그게 진실이다. 그것 외에는 설명이 되지 않는다.

“그거 내 얼굴이잖아. 내 얼굴 맞지?”

한 걸음 앞으로 내딛으며 추궁한다. 상대는 하얗게 질린 채 이쪽을 본다.

“뭐가 뭔지 모르겠지만, 미안해. 내가 그렇게까지 널 괴롭게 했다면 사과할게. 반장이랑 사귀면서 나도 마음이 편하지는 않았어. 얼마나 너한테 말을 걸고 싶었는지 몰라. 하지만 그게 더 상처가 될까 봐 잠자코 있었던 거야.”

상대가 말한다. 나는 다시 한 걸음 내딛는다.

“그러면 어서 저주를 풀어. 내 얼굴 돌려줘.”

“무슨 저주를 풀라는 거야? 돌려 달라니?”

“네가 가져갔잖아!”

“도대체 왜 그래?”

상대는 이제 울 것 같은 표정이다. 걸음을 멈춘다.

“내 얼굴이잖아. 네가 저주를, 저주로 날, 내 얼굴을,”

“그만 좀 해!”

나는 미처 말을 잇지 못한다. 말을 끊고 들어온 상대는 힘겹게 입을 연다.

“항상 그런 식이니까 애들이 널 싫어하는 거야. 나도 돕고 싶었어. 계속 친구로 남고 싶었어. 그런데도 넌 너만 생각했잖아. 세상이 널 저주한다고 생각하지. 사실은 그 반대 아냐? 네가 다른 모든 사람들을 저주하고 있는 건 아니냐고?”

나는 아무 말도 하지 않는다.

"그깟 별명, 따지고 보면 아무것도 아니야. 엘프니 트롤이니, 그런 게 뭐가 중요해?"

눈앞에 보이는 건 내 얼굴이다. 언제나 보던 거울 속의 나다. 거울 속의 내가 말하고 있다.

"거짓말하지 마."

거짓말이다.

"너는 끝까지 내 얼굴을 돌려줄 생각이 없구나."

가능하면 대화로 해결하고 싶었다. 이제는 방법이 없다.

거울을 본다.

내가 거기에 있다.

"거울 속에 있어."

가방을 열고 미용 가위와 눈썹 칼을 꺼낸다. 거울 속의 내가 소스라친다. 앞으로 손을 뻗는다.

나는 태어날 때부터 아름다웠다. 보이지 않는 것은 보이지 않는다. 나는 네가 되고 싶다. 나는 너다.

너는 나야.

박피(剝皮)

「명사」

껍질이나 가죽을 벗김.

최 상 희 … 어디에도 있는

P시에 도착한 건 느지막한 오후였다. 버스 터미널 맞은편에 영화관과 대형 마트가 나란히 붙어 있고 그 주위로 식당과 떡집, 옷가게와 화장품 가게, 카페 등의 자잘한 상점들이 포진한 사거리가 도시의 최대 번화가임을 짐작할 수 있었다. 인상적이라고 할 만한 것이 없는 작고 평범한 도시였다.

원래는 일찍 도착해 점심을 먹고 쇼핑도 좀 할 생각이었지만 출발부터 어그러져 버렸다. 키우던 개가 죽었기 때문이었다. 저녁 잘 먹고 잘 놀다 잠들었는데 아침에 보니 소파 밑에 죽어 있었다. 새로 이사한 집이 낯선지 자꾸 현관문을 긁는 것 말고는 별달리 이상한 점도, 아픈 기색도 없었다. 뻣뻣해진 개를 안고 엄마는 울었다. 갓 태어난 것을 데려와 코코라고 이름 짓고 5년인가 6년을 같이 살았다. 순하고 애교 많은 녀석이었지만 유독 내게는 까칠하게 굴었다. 불쌍하긴 했지만 왜 하필 오늘, 하는 생각이 잠깐 들었다. 아빠의 채근에 엄마가 마지못해 일어난 것은 점심때가 훌쩍 지나서였다. 엄마 눈가가 부풀어 있었다. 개는 좋아하던 담요에 싸여 소파 위에 눕혀져 있었다.

점심을 먹고 들어가야 한다고 아빠가 말하는 소리가 앞좌석에서 들려왔다. 엄마는 아무 대답도 안 했다. 길가에 차를 대고 아빠는 눈앞에 보이는 식당 문을 열고 들어갔다. 아빠는 앉자마자 해장국 세 그릇을 주문했다. 엄마는 멍한 얼굴로 빈 테이블 너머 벽만 바라봤다. 벽에 '해장국, 갈비탕 특·보통, 냉면(여름 한정 메뉴)'라고 적혀 있었다. 선택의 여지는 적었다. 아무래도 상관없었다. 이 도시에 오게 된 것도 내 의사와는 무관한 일이었다.

P시에 온 건 이 도시에 있는 기숙학교에 입학하기 위해서였다. 공부 잘하는 애들이 다니는 기숙학교는 아니다. 일반 고등학교에 기숙사가 딸려 있을 뿐이다. 기숙사는 전교생 중 3분의 1 정도를 수용할 수 있는 규모다. 희망자 중 3학년이 우선적으로 입사할 수 있고 나머지는 심사를 거쳐 나처럼 집이 멀거나 이런저런 사정이 있는 학생들로 채워진다고 했다. 세끼 식사를 제공하고 시설이 잘 갖춰져 있는 데다가 기숙사비도 저렴한 편이었다. 기숙사 입사가 결정됐을 때 아빠는 마치 내가 명문대에 합격하기라도 한 듯 기뻐했고 엄마는 한시름 놓은 표정이었지만 나는 별생각이 없었다. 내가 생각하고 자시고 할 것도 없이 진행된 일이기 때문이었다. 내가 기숙학교에 들어가게 된 건 부모님의 돌연한 귀농 결정 때문이었다. 딸기 농사를 짓겠다고 했다.

20여 년 다니던 회사를 아빠가 그만둔 데에는 내가 알 수 없는, 알아야 좋을 것 없는 이런저런 사정이 있겠지만 처음부터 귀농을 염두에 두고 그만둔 게 아니라는 것 하나는 확실했다. 퇴

직금으로 치킨집이나 편의점 같은 걸 내겠다고 하지 않은 건 다행이다 싶었지만 농사라니, 무모하다는 생각이 들었다. 아빠는 농사에 대해서 아무것도 모른다. 내게는 시골 사는 할머니도 외할머니도, 사돈의 오촌 당숙도 하나 없다. 아파트에서 태어나 줄곧 자랐고 딸기는 겨울에 마트에서 나는 것으로 알았다. 아빠도 나와 별반 다르지 않다. 그런데 아빠가 말했다. 내 손으로 실체가 있는 걸 만들어 내고 싶다. 그 말이 내 귀에는 몹시 모호하게 들렸다. 우주선을 만들어 보고 싶다고 했으면 재밌기라도 했을 거다.

식당에서 나온 뒤 30여 분을 더 차로 달리자 학교가 나타났다. 학교는 P시의 첫인상과 마찬가지로 인상적인 구석이랄 게 없었다. 운동장이 있고 회색 건물이 한 채 길게 서 있었다. 기숙사는 학교 뒤로 이어지는 비탈길을 따라 언덕 중턱에 위치해 있었다. 학교와 쌍둥이처럼 똑 닮은 건물이고 크기가 좀 작을 뿐이었다.

출입문 바로 옆 경비실에서 남자가 하나 나왔다. 자신을 기숙사 담당 교사라고 소개한 남자가 명단을 확인하고 일러 준 내 방은 4층이었다. 엘리베이터가 없었으므로 큼직한 트렁크 두 개와 이불 보따리, 박스 두 개를 아빠와 내가 두 번에 걸쳐 계단으로 날랐다. 내 책가방을 들고 따라 올라온 엄마는 2층 침대 하나와 책상과 작은 옷장 두 개가 빼곡히 들어찬 방을 한번 둘러보고 말했다.

"서쪽이네."

방 안은 죽은 갈조가 꽉 찬 수조처럼 보였다. 오후 마지막 햇살이 던져 놓은 붉은빛 때문이었다. 내 방은 서쪽 끝 방이었다. 커튼을 젖혀 놓은 창밖을 엄마는 물끄러미 바라보다 코코 밥도 안 주고 왔네, 하고 중얼거렸다. 그러고는 자신이 무슨 소리를 했는지 뒤늦게 알아챈 듯, 황망한 얼굴로 눈물을 쏟기 시작했다. 훌쩍거리는 엄마를 데리고 아빠는 서둘러 떠났다. 공부 잘 하고 밥 잘 챙겨 먹으라고 당부했고 나는 그러겠다고 대답했다.

짐 정리를 시작했다. 나와 방을 같이 쓸 룸메이트는 이미 짐 정리를 끝내고 나간 뒤였다. 침대 위 칸에 이불이 깔려 있었다. 창 앞으로 오른쪽 벽을 향해 놓여 있는 책상에 3학년 교과서와 문제집이 가지런히 꽂혀 있었다. 그 옆으로 나란히 서 있는 두 개의 옷장 중 왼쪽에 교복과 겉옷, 티셔츠가 몇 벌 걸려 있었다. 나는 내 것으로 남겨진 침대와 책상, 옷장에 짐을 부렸다.

짐 정리를 대충 하고 침대에 누워 방을 배경으로 내 사진을 찍어 단톡방에 올렸다. 사진 아래에 '수감 생활 시작'이라고 썼다. 응답이 없었다. 나는 그전에 나눈 대화를 다시 읽었다. 시골 생활 재미가 어떠한가, 멧돼지는 때려잡았냐, 딸기는 언제 보내 줄 거냐, 친구들은 물으며 키득거렸다. 농어촌 특별 전형으로 서울대 갈 수 있겠다고 부럽다고도 했지만 정말로 부러워하는 놈은 아무도 없었다. 내가 올린 사진과 글 옆에 숫자 3은 그대로였다. 모두 학원 수업이라도 받고 있는 거겠지.

잠깐 졸았던 모양이다. 어둠 속에서 눈을 뜨고 잠시 내가 어디 있는지 어리둥절해하다 정신이 들었다. 지독히 어두웠다. 눈을 뜨고 있는지 의심스러울 만큼 어두워 눈을 몇 번 끔뻑거려 보았다. 스위치가 어디 있는지 알 수 없었다. 벽을 더듬다가 휴대폰 불빛으로 스위치를 찾아 불을 켰다. 굉장히 오래 잔 것 같은데 시간을 확인해 보니 한 시간쯤 흘러 있었다. 배가 고파서 집에서 챙겨 온 컵라면을 들고 아래층 휴게실로 내려갔다. 식사는 내일 아침부터 제공한다는 연락을 미리 받았다. 기숙사 들어오기 전에 시내에서 라면과 군것질거리를 좀 사려고 했는데 그럴 경황이 없었다. 개는 묻어 주었을까. 언 땅을 깨고 묻었을까. 라면을 먹고 방으로 돌아와 책상 정리를 하려고 앉았다가 창밖을 내다보았다. 어둠뿐이었다. 아무것도 없었다. 공용 샤워실에서 씻고 침대에 누웠다. 불을 켜 둔 채 이불을 뒤집어쓰고 잠을 청했다. 룸메이트는 돌아오지 않았다.

문 닫히는 소리에 잠이 깼다. 어딘가 잠시 어리둥절해하다 기숙사 방이란 걸 깨달았다. 방 안은 어둑했다. 휴대폰으로 시각을 확인하고 벌떡 일어났다. 등교 시간이 얼마 남지 않았다. 서둘러 세수를 하고 교복을 입고 아침 식사는 거른 채 비탈길을 내려가 교실에 들어가 앉았다. P시에는 처음이라고 옆자리 아이에게 말하려던 차에 교장 얼굴이 텔레비전에 나타났다. 사랑하는 학생

여러분, 입학과 진급을 축하드립니다, 로 시작된 교장 선생님 훈화 내내 옆자리 애는 자기는 기숙사 205호고 룸메이트인 3학년생이랑 아침에 같이 밥을 먹었고 계란프라이랑 김이랑 김치랑 잘 모르는 나물과 된장국이 나왔는데 그럭저럭 먹을 만하지만 자기는 원래 아침은 안 먹어서 안 먹던 아침을 먹었더니 배가 아프다는 둥, 이런저런 말을 늘어놓다가 화장실에 가야겠다고 일어났다. 205호와 그날 점심을 같이 먹고 저녁도 같이 먹었다.

205호는 아침을 안 먹어서 나는 205호 친구인 207호와 301호, 316호와 먹곤 했다. 기숙사에서 급식실이 멀어서 나도 아침은 먹다 말다 했다.

기숙사는 긴 복도를 사이에 두고 방이 마주 보고 있다. 한 층에 방은 스무 개, 어쩌면 서른 개쯤이다. 층마다 공용 샤워실과 화장실이 있고 1층에는 휴게실과 자습실, 세탁실, 그리고 용도가 불분명한 커다란 세미나실이 있다. 세미나실에서는 주말에 영화를 틀어 줬는데 보는 애들은 거의 없었다. 아이들은 대개 P시에 살았고 금요일 오후면 빨랫감을 들고 집에 갔다. 주말에도 집에 가지 않는 학생들이 간혹 있었는데 거의 3학년이었다.

나는 집에 가는 걸 포기했다. 집까지 버스를 세 번이나 갈아타야 했고 반나절 넘게 걸렸다. 부모님은 전화할 때마다 한번 데리러 가겠다고 말했지만 좀처럼 짬이 나지 않는 모양이었다. 아빠가 고설재배를 해 볼 생각이라고 해서 그게 뭐냐고 물으니 수확

량은 두 배고 인력은 반으로 감소되는 재배법이라고 했다. 밥은 잘 먹냐고 묻는 엄마 목소리는 힘이 없었다. 자꾸 꿈에 코코가 나온다고 엄마는 말했다.

침대를 돌려라. 엄마가 전화를 끊기 전에 불쑥 말했다. 머리를 남쪽으로 두고 자야 꿈자리가 뒤숭숭하지 않다고 했다. 나는 알겠다고 했다. 하지만 2층 침대를 내 마음대로 옮길 수는 없었다. 엄마의 염려와 달리 나는 꿈도 꾸지 않고 잘 잤다. 솔직히 말하면 좀 너무하다 싶을 정도로 많이 잤다. 자도 자도 끝없이 잠이 왔다. 게다가 깨우는 사람도, 자지 말라는 사람도 없다. 늦잠 자기 일쑤라 학교가 지척인데도 간신히 지각을 면할 정도였다. 엄마 말대로 방이 서향이어서인지 아침 해가 좀처럼 들지 않았다. 어둑한 방에서 몽롱한 상태로 등교 준비를 했다. 일어나 보면 룸메이트는 안 보였다. 침대 위는 잘 정리되어 있고 책상 위도 말끔했다.

눈을 뜨면 학교에 가고 수업이 끝나면 기숙사로 돌아왔다. 그 외에 딱히 할 일이 없었다. 학교 주위에는 놀랄 만큼 아무것도 없었다. 아무것도 없는 건 아니다. 누렇게 마른 풀과 푸석거리는 흙은 얼마든지 있었다. 하지만 편의점, 분식점, 문구점, 카페, 피시방은 어디에도 없었다. 한참 걸어가야 집이 한두 채 띄엄띄엄 나타났고 이따금 거의 텅 빈 버스가 귀찮다는 듯이 툴툴거리며 지나쳤다. 버스가 활기차게 달리는 것은 아침과 저녁 두 차례, P시에 사는 아이들을 미어지게 태울 때뿐이었다.

종종 저녁으로 학교 매점에서 산 라면과 과자를 방에서 먹었다. 급식실까지 내려가기 귀찮기 때문이었다. 방에서 음식을 먹으면 안 된다는 규칙이 있지만 담당 교사에게 들키지만 않으면 됐다. 담당 교사들도 학생들 옷장에 옷만 들어 있지 않다는 것쯤은 잘 알고 있었다. 라면도 지겨우면 치킨을 주문했다. 주위에 아무것도 없었지만 음식 배달은 됐다. 피자나 중국 음식도 배달되는 모양이었지만 치킨이 제일 인기였다. 배달원에게서 도착했다는 문자가 오면 가방을 메고 비탈길을 한참 내려가서 치킨을 받아 가방에 넣어 들고 왔다. 현관의 수위 아저씨는 늘 졸고 있었다. 간혹 깨어 있다고 해도 축농증 환자인 양 가방에서 맹렬히 풍기는 치킨 냄새를 모르는 척해 주었다.

책상에 앉아 벽을 마주하고 치킨을 먹었다. 벽에는 전에 이 방을 썼던 학생들이 뭔가 붙였다가 떼어 낸 듯한 접착테이프 자국이 누렇게 남아 있었다. 테이프 자국을 감추기 위해 나도 뭔가 붙여 볼까 했지만 귀찮아서 그냥 놔두었다. 룸메이트의 책상 위 벽에도 아무것도 붙어 있지 않다. 룸메이트의 책상은 늘 잘 정리되어 있었다. 책장의 책도 가지런히 꽂혀 있었다. 침대도, 옷장 안도 마찬가지였다. 깔끔한 성격이다. 매일 아침 일찍 등교하고 밤늦게까지 자습실에서 열심히 공부하는 성실한 고3이다. 한 번도 보지 못한 룸메이트에 대해 내가 짐작할 수 있는 것은 그 정도였다.

룸메이트와 얼굴 마주칠 일 없어서 편하긴 했다. 독방을 쓰는 거나 마찬가지였다. 205호는 3학년인 룸메이트 눈치를 꽤나 보는 것 같았다. 고3 상대하면 나만 피곤해. 205호는 그렇게 말하며 고3 없는 다른 방들을 전전했다. 혹시나 해서 다시 카톡을 보내 봤지만 205호는 같이 치킨 먹자고 아까 보내 놓은 카톡도 아직 읽지 않았다. 남은 치킨을 박스째 비닐봉지에 넣어 단단히 여며 두고 창문을 열어 환기를 했다. 싸늘한 공기가 밀려 들어왔다. 바깥엔 아무것도 없었다. 룸메이트는 돌아오지 않았다. 오늘 밤도 늦게까지 자습실에 있을 모양이었다. 먹고 나자 기다렸다는 듯이 졸음이 밀려왔다.

잠결에 문 여닫는 소리가 들렸다. 조용한 기척이 느껴졌다. 옷장 문이 조심스럽게 열리고 옷을 갈아입고 갈아입은 옷을 옷걸이에 걸고 서랍을 살며시 잡아당겼다 밀어 넣고 옷장 문이 닫히는 소리가 들려왔다. 그리고 고요해졌다. 나는 다시 잠에 빠졌다. 그러다 선득한 느낌에 잠이 깼다. 잠이 깼지만 눈은 떠지지 않았다. 비몽사몽간에 누군가 나를 바라보는 것이 느껴졌다. 나를 가만히 내려다보고 있었다. 그뿐이었다. 설핏 잠이 들었다. 잠시 뒤에 다시 소리가 났다. 희미하게 삐걱이는 사다리 오르는 소리. 조심스러운 울림도 느낄 수 있었다. 그리고 머리 위에서 몹시 조심스러운 뒤척임이 느껴졌다. 그대로 나는 잠이 들었다. 다음 날 일어나 보니 책상에 놔뒀던 치킨 봉지가 보이지 않았다.

한두 달 지나자 주말에도 집에 가지 않는 아이들이 많아졌다. 기숙사에 남아 공부하겠다는 말로 부모님을 흐뭇하게 한 뒤 아이들은 시내로 나가 부모님과 마주치지 않을 장소, 그러니까 피시방이나 만화방 같은 데서 시간을 보내다 편의점에 들러 먹을 것을 잔뜩 사고 운이 좋으면 맥주도 몇 캔 사서 들어왔다. 내게도 같이 나가자고 했지만 귀찮아서 거절했다. 나는 빨래를 돌리거나 세미나실에서 무슨 영화를 상영해 주는지 기웃거리기도 했지만 대개는 방에서 잤다. 잠은 자도 자도 쏟아졌다.

밤이면 시내에서 돌아온 애들이 내 방으로 모였다. 205호와 그 친구 두어 명, 많을 때는 열 명도 넘게 다닥다닥 붙어 앉아 놀았다. 내 룸메이트는 주말이면 빠짐없이 집에 갔기 때문이다. 밤새 하는 얘기라고는 별 시답지 않은 것들이었는데 빠지지 않는 건 룸메이트들 뒷담화였다. 방귀를 노상 뀐다든가, 발 냄새가 고약하다든가, 남의 옷장을 뒤져 라면이나 과자를 마음대로 먹는다든가, 문을 잠가 놓고 수상한 짓을 한다든가 하는 이야기를 낄낄거리며 하다 맥주를 찔끔찔끔 나눠 마셨다. 나는 별로 할 얘기가 없었다. 내 룸메이트는 방귀도 뀌지 않고 발 냄새도 심하지 않고 내 라면을 먹지도 않고 문을 잠가 놓고 수상한 짓도 하지 않는다.

"내 룸메는 되게 깔끔해."

나는 룸메이트의 책상을 눈으로 가리켰다.

"어찌나 깔끔한지 베개 커버를 매일 간다. 월요일엔 줄무늬, 화요일엔 물방울무늬, 수요일엔 체크."

205호가 어리둥절한 얼굴로 나를 바라보다 말했다.

"베개 커버를…… 갈아야 돼?"

아이들이 킥킥대다 내 룸메이트에게 결벽증이라는 진단을 내렸다. 결벽증은 정신병이라고 하는 아이까지 있었다. 결벽증과 발 냄새 중 어떤 게 더 고약한지 의견이 분분했다.

그때 306호가 말했다.

"딱히 별스럽지는 않던데."

"봤어?"

내 질문에 306호가 당연하다는 얼굴로 고개를 끄덕였다.

"그럼, 내 룸메 형이랑 친해. 과자 같은 것 사 들고 자주 놀러 와."

"야, 딱 봐서 발 냄새 나게 생긴 사람 있냐? 신발 벗어 봐야 알지."

"있다. 딱 보면 발 냄새 나게 생긴 사람 있다."

아이들은 킥킥대며 한동안 룸메이트에 대한 뒷담화를 이어 갔다. 나는 룸메이트를 한 번도 본 적이 없다는 말은 하지 않았다.

새벽이 다 돼서야 애들이 돌아갔다. 방은 난장판이었다. 빈 과자 봉지와 라면 국물이 남아 있는 용기, 뼈가 수북한 치킨 박스,

빈 맥주 캔과 음료수 병이 사방에 널려 있었다. 바닥에는 과자 부스러기가 흩뿌려져 있고 누가 맥주를 흘렸는지 시큼한 냄새까지 났다. 치워야 한다고 생각하며 잠과 사투를 벌였다. 자고 일어나서 치우면 돼, 누군가 중얼거렸다. 205호인가 하다가 제 방으로 돌아갔다는 걸 깨달았다. 누군가 내 머리에 베개를 받쳐 주었다. 단숨에 잠에 빠져들었다.

휴대폰 소리 때문에 잠이 깼다. 아빠였다. 점심때가 훌쩍 넘은 시간이었다. 별일 없냐고 물어서 눈곱을 떼면서 별일 없다고 대답했다. 그러고는 말이 없었다. 전화가 끊겼나 하고 휴대폰을 들여다보니 통화 상태였다. 많이 바쁘냐고 물었더니 아빠는 고설재배로 멜론도 키울 수 있다고 했다. 딸기는 언제 키우냐고 했더니 딸기는 딸기 철에 키운다고 했다. 전화를 바꿔 받은 엄마가 밥 잘 먹냐고 물어서 잘 먹고 있다고 대답했다. 엄마는 연못가에 요즘도 강아지가 오냐고 물었다.

"무슨 말이야?"

"그게 연못이라고 하기에는 크지만 호수라고 하기에는 좀 작지 않냐?"

연못이며 호수가 다 무슨 소린가 싶어 잠자코 엄마 말을 기다렸다.

"거기 연못인지 호수에 강아지가 와서 놀았잖아."

"어디 말이야?"

"얘가 왜 이래? 네 방에서 보이는 연못, 아니 호수 말이야."

나는 창가로 가서 커튼을 걷었다. 햇살이 눈을 찔렀다. 눈을 감았다. 감은 눈꺼풀 위로 빛 조각이 어지러이 떠다녔다.

"털이 북실북실하고 누런 강아지였잖아."

"코코 말이야?"

"너 왜 그래? 코코는 하얀색이었잖아."

그러고는 아무 말이 없었다. 전화가 끊긴 건 아니었다. 전화기 너머에서 엄마와 아빠가 말하는 소리가 두런두런 들려왔지만 무슨 소리인지 알아들을 수 없었다.

고개를 돌려 방 안을 둘러보았다. 방 안이 온통 붉은색으로 물들어 있었다. 방은 말끔히 치워져 있었다. 어젯밤의 흔적은 어디에도 없었다. 룸메이트는 보이지 않았다. 하지만 돌아왔다는 건 알 수 있었다. 옷장을 열자 교복이 걸려 있었다. 서랍을 열어 보니 일주일 치 속옷과 양말, 그리고 수건이 잘 개켜져 단정하게 정리되어 있었다. 나는 당장 내일 신을 양말도 없었다. 아빠가 다시 전화를 바꿔 받았다. 언제 한번 데리러 가겠다고 했다. 알겠다고 대답하며 쓰레기통을 들여다봤다. 말끔하게 비워져 있었다. 아빠는 밥 잘 챙겨 먹고 공부 잘 하라고 했다. 나는 응, 응, 하고 대답했다. 전화가 끊겼다. 나는 창가로 다가가 밖을 한참 동안 바라봤다.

그때 등 뒤에서 문손잡이를 돌리는 소리가 났다. 고개를 돌렸다. 문이 왈칵 열렸다. 내 그림자를 밟고 누군가 방 안으로 쑥 들어왔다. 처음 보는 얼굴이었다.

어, 하는 소리는 안 났지만, 그런 표정이었다. 놀랐거나, 당황했거나, 둘 다인 것 같았다. 처음 보는 얼굴이지만 낯설지 않았다. 기숙사 애들의 유니폼이라고 할 만한 후드 달린 회색 추리닝에 슬리퍼 차림이었다. 나중에 기억해 내려 하면 잘 떠오르지 않을 얼굴이었다. 인상적인 구석이랄 게 없는 평범한 얼굴이었다.

"어디 갔어?"

회색 추리닝이 룸메이트의 책상을 눈으로 가리키며 물었다.

"뭐 빌려준다고 했거든."

"여긴 없는데……요."

"이상하네. 다른 데도 없던데."

"다른 데…… 어디요?"

"뭐, 여기저기."

"그럼…… 기다려요."

"이따 다시 오지, 뭐."

"아뇨. 금방 올 거예요. 기다려요, 여기서."

추리닝이 나를 잠시 바라보다가 그럴까, 하고 중얼거리며 룸메이트의 책상 의자를 빼서 앉았다. 늘 그곳에 앉아 있었던 사람처럼 익숙한 모습이었다.

나는 침대에 걸터앉아 휴대폰을 들여다보았다. 단톡방에 잘 있냐는 카톡을 보냈지만 응답이 없었다. 아무도 내 카톡을 읽지 않았다. 추리닝은 의자에 앉은 채 고개를 돌려 창밖을 바라보고 있었다. 205호에게 저녁 먹었냐고 카톡을 보냈다. 아무 대답도 없었다. 추리닝은 꼼짝도 하지 않았다. 휴대폰을 다시 들여다보았지만 내가 205호에게 보낸 카톡 옆에 숫자 1은 그대로였다. 어느새 창밖이 어둑해져 있었다. 나는 다시 단톡방에 들어가 봤다. 내 글에 달려 있는 숫자 3은 변함없었다. 문득 손톱 깎을 때가 됐다는 생각이 들었다. 일어나 책상 서랍에서 손톱깎이를 찾아냈다. 어두운 창 위에 회색 추리닝의 얼굴이 흐릿하게 비쳤다. 나는 침대로 돌아와 손톱을 깎기 시작했다.

딱, 딱, 딱. 소리가 날 때마다 손톱 부스러기가 바닥으로 튀었다.

이미 딸기 철은 지났다. 지났나? 딸기가 겨울에 나는 건가, 봄에 나는 건가? 딱. 언제 먹었나 생각해 봐도 기억이 안 났다. 안 먹어도 그만이고 먹어도 그만인 딸기를, 수확량은 두 배고 인력은 반으로 감소되는 고설재배법으로 키운다. 딱. 아니, 키워 보겠다고 했다. 고설재배법은 높고 눈으로 덮인 곳에서 재배하는 방법 같은 느낌이 든다. 내 손으로 실체가 있는 것을 만들어 보고 싶다고 아빠는 말했다. 딱. 하지만 딸기도, 고설재배도, 비닐하우스도 어렴풋하기만 하다. 딱, 딱. 손톱이 너무 길었다. 한 달에 한 번 개 발톱을 잘라 줬다. 눈치 빠른 개는 발톱깎이를 보면 바로 줄행랑을 쳤다. 침대 밑에 숨은 개를 겨우 어르고 달래서 엄마가 안고 내가 발톱을 잘랐다. 딱, 딱. 엄마는 개에게 상처를 낼까 봐 발톱 자르는 게 무섭다고 했다. 무섭지 않고 싫었을 것이다. 딱. 개가 엄마를 미워하게 될 것이 싫었을 것이다. 딱. 내 손톱이 이렇게 생겼었나. 나는 골똘히 들여다봤다. 졸음이, 참을 수 없이 밀려들었다.

조용히 문 여닫는 소리가 들렸다. 문 밖에서 복도를 걷는 슬리퍼 소리가 희미하게 나더니 아무 소리도 들리지 않았다. 눈을 떴다. 방 안에는 아무도 없다. 책상 의자는 비어 있었다. 나는 창밖을 바라봤다. 아무것도 없다. 어둠뿐이었다.

나는 1층으로 내려가 자습실로 갔다. 조심스레 문을 열고 들어가자 칸막이를 한 책상들이 보였다. 칸막이 속에 앉아 있는 등이 몇 개 보였다. 책상 사이를 지나갔지만 아무도 고개를 들지 않았다. 수그린 어깨와 구부정한 등은 모두 똑같아 보였다. 조용히 문을 닫고 나와 세미나실로 갔다. 안에서 희미한 소리가 새어 나왔다. 문을 열어 보니 영화가 상영되고 있었다. 들어가서 맨 뒤 가장자리 좌석에 앉았다. 계단식 좌석이라 맨 앞까지 잘 보였다. 스크린 불빛으로 희미하게 밝아졌다 어두워지기를 반복했다. 전에 본 영화였다. 안 본 영화 같기도 했다. 좌석은 모두 비어 있었다.

세미나실에서 나와 자습실 앞을 지나다 보니 안이 텅 비어 있었다. 계단을 올라 205호실 문을 두드렸다. 기척이 없었다. 다시 문을 두드렸지만 소용없었다. 손잡이를 돌려 보니 잠겨 있었다. 207호와 209호에도 가 보았지만 역시 잠겨 있었다. 306호와 312호 문도 두드려 봤다. 아무런 응답이 없었다. 화장실 문을 노크하고 문을 하나하나 열어 봤지만 아무도 없었다. 복도는 어둑하고 고요했다. 어디에 있는 걸까. 모두 어디로 간 걸까.

복도 끝, 내 방 앞으로 돌아왔다. 문손잡이를 돌렸지만 열리지 않았다. 잠겨 있었다. 나는 문을 두드렸다. 안에서 희미하게 기척이 났다. 책상 의자를 가만히 미는 소리와 조용히 슬리퍼를 끄는 소리가 문 앞에서 멈추는 것이 들렸다. 문에 귀를 댔다. 안에서 숨소리가 들려왔다. 나직한 숨소리였다. 나처럼 문에 귀를 대고 바깥을 살피고 있는 것이 느껴졌다. 나는 다시 조심스레 문을 두드렸다. 아무 대답도 없었다. 나는 주먹을 쥐어 문을 두드리기 시작했다.

쾅, 쾅, 쾅. 문 두드리는 소리가 복도를 울렸지만 아무도 내다보지 않았다. 하지만 나는 느낄 수 있었다. 모두 숨죽여 지켜보고 있었다. 문 두드리는 것을 그만두자 복도는 고요해졌다. 슬리퍼 소리, 의자 끄는 소리, 나직한 숨소리가 다시 문 안에서 들려왔다. 그 안에 나는 없었다. 어디에도 나는, 없었다.

김 진 나 … 나딸_상실한 구역

나딸은 지도에 없다. 거기는 나딸이다. 나딸엔 누군가 있다. 특별히 이상한 일은 아니다. 지구에는 주소 없는 사람들이 40억 명 있다.

오전 햇빛이 반투명한 색유리를 투과해 분홍색 점들을 거실 바닥에 뿌린다. 나는 면양말을 신고 꿈처럼 고요한 마룻바닥을 걷는다. 거실 한쪽에 놓인 의자들과 다리에 풍부한 동물 조각이 있는 탁자가 존재감을 발한다. 창가 바닥에는 내 키의 절반만 한 도자기 항아리에 칼라꽃이 가득 꽂혀 싱싱한 흰빛을 뿜는다.

어떤 색도 다 흡수할 것 같은 검은 그랜드피아노 앞으로 나는 곧장 간다. 피아노 덮개를 열고 보면대를 세운다. 건반 뚜껑을 연다. 의자를 뒤로 빼서 살짝 걸터앉는다. 허리를 세운다. 몸에 힘을 풀고 손가락을 건반에 얹는다. 도를 누른다. 130.81헤르츠의 진동이 퍼진다. 솔을 누른다. 196헤르츠의 진동이 퍼진다. 나는 더듬더듬 악보를 읽어 가며 초보 수준의 연주를 한다. 유리문 너머 주방에서 물을 트는 소리가 들린다. 시계 초침이 둔탁하게 지나간다. 거실 쪽으로 문이 열린 모랑 아줌마의 작업 방에서 프린터가 저 혼자 카트리지를 정렬하는 소리가 난다. 구르릉거리며 비행기가 지나가는 소리가 작게 들린다. 나는 동시에 세 개의 건반을 누른다. "선름." 누가 나를 부르는 것 같다. "선름." 또다시 나를 부른다. 이제야 나를 부른다. 피아노를 치는 30분간 누가 나를 부른다. 나는 대답 없이 그 깊은 음성을 듣는다.

모랑 아줌마가 나를 키웠다. 모랑 아줌마는 길게 늘어진 귀에 둥근 청동 귀고리를 달고 있다. 오렌지색 박스 원피스에 3센티미터 굽의 구두를 신는다. 평생 운동화는 단 한 번도 신지 않았다. 모랑 아줌마는 잘 때도 귀고리를 빼지 않는다. 모랑 아줌마가 나를 귀여워하며 얼굴을 가까이 댈 때 나는 청동 귀고리에 비친 나를 본다. 움푹 팬 홈에 걸려 내가 길쭉하게 구부러진다.

모랑 아줌마는 인심이 좋다. 빵, 초콜릿 조각, 요거트, 사과 한 알, 바나나 따위를 내 주머니에 넣어 준다. 나는 아무 때고 먹는다. 손님이 와서 모랑 아줌마가 서둘러 뜨거운 차를 내고 조심스럽게 대화를 이어 나가는 자리에서도 나는 주머니에서 반쯤 녹은 초코바 같은 걸 주섬주섬 꺼낸다. 부스럭거리며 껍질을 깐다. 예기치 않은 소리에 대화가 끊어지고 사람들이 나를 쳐다봐도 멈추지 못한다. 껍질엔 리얼 초코라고 쓰여 있다. 코코넛 버터를 사용해 만든 초콜릿이라고 한다. 1일 영양소 기준치 중 탄수화물 7%, 단백질 5%, 지방 14%, 나트륨 3%가 들어 있다. 녹은 초콜릿이 손에 묻는다. 제대로 찢어지지 않은 껍질 속에서 초콜릿이 뭉개진다. 바닥에 부스러기가 떨어진다. 나는 먹는다. 나는 늘 배가 고프다.

먹을 건 충분하다. 금방 조리된 다양한 음식들이 식탁을 채운다. 구운 바나나에 버터를 얹어 녹이고 계핏가루를 뿌려 캐러멜 시럽을 끼얹은 디저트가 나온다. 아이스크림이 들어 있는 파르페가 나온다. 나는 먹는다. 모랑 아줌마처럼 젓가락으로 숟가락으로 포크로 먹는다. 모랑 아줌마가 두 번 집어 먹으면 나도 두 번, 한 번 집어 먹으면 나도 한 번 먹는다. 모랑 아줌마가 밥을 남기면 나도 남긴다. 씹으면 나도 씹고 멈추면 나도 멈춘다. 식탁엔 음식이 가득한데 식사가 끝난다.

오늘은 모랑 아줌마가 국의 건더기를 몽땅 남겼다. 버섯, 두부, 봄동, 콩나물, 편 썬 마늘이 국그릇에 그대로 남았다. 나도 남긴다. 그러곤 내 주머니에 있는 걸 먹는다. 오래되어 마른 빵을 침으로 녹여 먹는다. 눅눅해진 과자를 먹는다. 지나치게 단 사탕을 씹어 먹는다. 나도 어쩔 수 없다. 그러지 않으려 해도 소용없다.

주주가 나를 본다. 쇼트커트에 도톰한 입술, 키가 작고 치아가 삐뚤빼뚤하다. 얼굴선이 섬세하고 눈동자는 고요하다. 내가 좋아하는 얼굴은 아니다. 하지만 무방비 상태로 활짝 웃을 때면 나는 움츠러든다. 질투가 난다. 어떻게 저렇게 자기를 다 드러내며 웃을 수 있는지 부럽다. 주주는 나를 좋아하면서도 침착하고 당당하게 바라본다. 자기 감정을 숨기지 않는다. 참지 못하고 손톱

끝으로 약과의 비닐 껍질을 악착같이 벗기고 있는 나를 보고 있다. 주주는 방학 동안만 여기 머문다.

얼마 전 주주가 나를 자기 방으로 불렀다. 노란 수면등 밑에서 드림캐처의 깃털이 미세한 공기의 흐름을 타고 흔들렸다. 주주는 커다란 초록색 개구리 인형이 놓여 있는 침대에 천진한 모습으로 누워 있었다. 우아하고 편안해 보였다. 너무도 자연스러웠다. 나는 한 번도 그런 식으로 누워 보지 못한 것 같은 기분이 들었다.

"선름, 네 이름은 참 어려워. 여자애 이름 같지도 않고."

주주가 천천히 일어나 내게 바짝 다가왔다.

"그런데 너, 눈썹이 왜 이렇게 예뻐?"

나는 몸을 뒤로 빼며 화장을 한 거라고 했다. 내가 쓰는 눈썹 연필이 무엇인지 물어볼 줄 알았다.

"너 나한테 키스할래?"

나는 싫다고 했다. 동시에 내 단단한 허벅지가 뜨거워졌다.

"그러지 말고 한 번만 해."

"싫어."

나는 돌아서 나가려 했다.

"내 바나나 인형, 너 줄게."

바나나 인형은 세계에 66개밖에 없었다. 생김새가 대단치는 않았다. 껍질을 벗기면 새로운 인형이 나오고 그 인형의 옷을 벗기면 또 새로운 인형이 나오는 정도의 재미가 있었다. 그러나 인형 수집가들 사이에 성배로 불리는 인형이었다. 나는 슬쩍 고개를 돌렸다. 주주가 노란색 인형을 나에게 내밀었다. 나는 두 손으로 받아 들었다.

기분이 좋아졌다. 인형의 부피만큼 머릿속이 가벼워졌다. 다른 것은 사라졌다. 이 순간부터 내가 존재했다. 바로 지금부터 시간이 흐르고 기억이 쌓였다. 나는 오만하게 주주를 보았다. 그녀의 입술에 차갑게 입술을 대었다 떼고 손사래를 치듯 멀찍이 떨어졌다. 주주는 울 것 같은 표정이 되었지만 금방 붙임성 있게 내 팔을 잡아끌었다.

"내 그림 볼래? 너 그린 것도 많아. 이거 봐 봐. 저번에 너 계단에 앉아 있을 때 그린 거야. 다리 모양 되게 실감 나지? 난 이 바지 주름들이 마음에 들어. 잘 그렸지? 이 바지 내가 준 거잖아. 그치?"

주주가 드로잉북을 펼치고 혼자 떠들어 댔다. 주주는 조각을 전공한다. 최상위권 대학을 목표로 하고 있다. 모랑 아줌마의 조카이며 개인 통장에 몇 억씩 들어 있는 아이다. 어머니는 앤티크 가구 상점을 하고 아버지는 국세청에 다닌다.

나는 보고 싶지 않다고 했다. 나는 인형만 품에 안고 서둘러 주주의 방을 빠져나왔다. 내 방은 여섯 개의 방이 있는 안채의 가장 끝 방이다. 복층으로 되어 있는 방의 1층엔 모랑 아줌마의 앨범과 자료들이 쌓여 있고 2층만 내 방으로 쓴다.

모랑 아줌마는 내게 친절하다. 나를 꼭 안아 주며 사랑한다는 말도 서슴없이 한다. 내가 언제부터 모랑 아줌마의 손에서 컸는지 모를 정도로 오래된 관계다. 물론 엄마는 아니다. 혈연관계도 아니다. 그러나 그에 못지않게 정이 든 사이라고 생각했다. 그러나 주주가 처음 온 3년 전, 나는 그게 아니란 걸 알았다.

한 존재에 대한 무조건적인 사랑, 몸과 마음을 다한 포옹이 무엇인지 나는 비로소 보았다. 주주는 모랑 아줌마에게 눈을 감아도 밝은 빛이었다. 의심 없는 세계였다. 가장 깊이 사랑할 수밖에 없는 존재였다. 변하지 않는 희열, 매번 당첨되는 행운이었다. 모랑 아줌마는 주주의 손을 한 번이라도 더 잡으려 했다. 길고 부드러운 머리카락을 쓰다듬으면서도 애를 태웠다. 주주의 나른한 표정, 관심 없이 던지는 자기중심적인 말투도 모랑 아줌마를 기쁘게 했다.

모랑 아줌마의 주주에 대한 열망이 내가 딛고 있는 땅을 녹였다. 나는 그동안 쭉 여기 있었다. 그러나 아니었다. 내 발은 1밀리미터도 땅을 누르지 못했다. 나는 쭉 여기 있었다. 있었을 뿐이다. 속한 건 아니었다. 만일 내가 다른 곳으로 가게 된다면 모랑 아줌마에게 나는 오래 쓰다 버린 프라이팬 정도로 기억되리란 걸 그때 알았다. 지금 내가 있는 모든 곳에서 내 존재가 아주 쉽게 지워지리라는 걸 그때 알았다.

나는 밤이면 밖으로 나갔다. 갈 곳은 없었다. 길은 여기저기로 뻗어 있지만 그 길들은 나를 사라지게 하는 길들이었다. 걸으면 걸을수록 나는 더 이름 없는 존재가 되었다.

결과적으로 나는 이렇게 태어났다.

겨울 하늘 같지 않은 날이었다. 나는 갓 열 살이 된 어린애였다. 옅은 푸른색 하늘에 흰 구름이 단순하게 퍼져 있었다. 창 안에서 보면 생각 없이 기분이 좋아지는 하늘이었다. 모랑 아줌마는 아침부터 분주했다. 시간을 들여 오래 목욕을 하고 헤어롤로 머리를 말고 박스 원피스를 입고 스카프를 둘렀다.

“뒷모습 어때? 머리 모양 괜찮아?”

모랑 아줌마가 귀고리를 흔들며 물었다. 나는 빨간 빛깔이 도는 염색한 머리를 유심히 살폈다. 봉긋하게 솟아오른 뒤통수를 풍성한 머리카락이 탐스럽게 덮고 있었다. 모랑 아줌마가 깨끗하게 빤 새 속옷을 건넸다. 작은 로봇이 점점이 그려져 있는 내의였다. 모서리가 뾰족할 정도로 반듯하게 접혀 있어 종이처럼 보였다.

나는 모랑 아줌마의 어깨를 짚고 스팽글과 망사 치마가 있는 원피스에 다리를 집어넣었다. 흰색 꽈배기 스타킹을 나중에 신느라 치마를 허리 위까지 거꾸로 들어 올려야 했다. 모랑 아줌마가 내 날씬한 배를 간질였다. 머리를 땋는 데 두 시간이나 걸렸다. 모랑 아줌마는 마음에 들지 않는지 몇 번이고 풀어 빗으로 빗겨 댔다. 눈이 위로 당겨졌다.

나는 가죽 구두를 신고 모랑 아줌마의 파란색 아우디에 올라탔다. 도로가 막혔다. 창문에 얼굴을 붙이고 몸을 비틀었다. 모랑 아줌마가 신발은 벗지 말라고 했다. 다리를 의자 위로 올리지 말라고 했다. 인터넷 포털 사이트 회사의 건물과 백설탕 공장의 간판이 보였다. 빵집, 어묵 가게, 등산복 전문점, 성형외과, 한의원, 약국, 전자 상가, 백화점, 대형 마트, 아이스크림 가게를 지났다. 횡단보도에서 신호가 바뀔 때마다 사람들이 활기차게 길을 건넜다. 앞바퀴를 들고 거의 수직으로 서서 달리는 묘기 자전거가 아슬아슬하게 모랑 아줌마의 차 옆을 지나갔다. 나는 소리를 질렀다. 모랑 아줌마는 욕을 했다.

깜빡 잠이 들었다. 목이 아파 일어나 보니 창밖 풍경이 이상했다. 처음엔 내가 아직 눈을 뜨지 않은 줄 알았다. 눈앞이 뿌옜다. 나는 눈을 감았다 다시 떴다. 뭔가 있었지만 볼 수 없었다. 보고 있어도 그게 무엇인지 알아차릴 수 없었다. 한참 만에 나는 시멘트로 지은 낮은 집들이 빽빽하게 붙어 있는 걸 봤다. 한 번도 상상해 보지 못한 풍경이었다. 풀 한 포기 없는 마른 땅에 색채 없이, 사람이 들어갈 수 있을까 싶을 정도로 작은 문을 가진 집들이 서 있었다. 지붕을 해진 헝겊 같은 걸로 여러 겹 덧대어 놓은 집도 있었다. 가파른 경사를 따라 늘어선 집들은 지붕이 옆집 벽의 바닥에 붙어 있기도 했다. 손을 뻗으면 처마나 홈통의 윗부분을 아무렇지도 않게 만질 수 있을 것 같았다. 기분이 이상했다. 나는 이곳을 내가 알고 있는 어떤 장소와 비교해 보려 했다. 하지만 떠오르는 데가 없었다. 자세히 보니 골목에 돌처럼 사람들이 앉아 있었다.

"여기가 어디예요?"

"나딸이란다. 볼 거 없어."

"나딸?"

"신경 쓰지 않는 게 좋아. 구제할 수 없는 구역이니까."

나는 모랑 아줌마의 말을 이해하지 못했지만 더 묻지 못했다. 모랑 아줌마의 말투에 신경질적인 짜증이 묻어났다. 나는 몇 사람을 보았다. 한 노인이 크고 둥근 눈으로 차 안의 나를 똑바로 바라봤다. 나는 겁이 났다. 그의 눈길이 끈끈하게 달라붙어 나를 끌어 내릴 것 같았다. 나는 창문 밑으로 몸을 미끄러뜨렸다. 모랑 아줌마가 슬쩍 나를 보았다. 징그러운 것을 보듯 진저리 치는 눈빛이 강렬하게 떠올랐다 사라졌다.

나딸을 지나 교도소가 나왔다. 나는 영문을 몰랐다. 붉은 벽돌로 성처럼 지어진 높다란 건물이었다. 우리가 지나는 건물마다 번호가 붙어 있었다. 녹슨 커다란 수조가 쌓여 있는 넓은 마당을 지났다. 겨울나무들이 뾰족한 나뭇가지를 앙상하게 사방으로 뻗고 있었다. 나는 피곤을 느꼈다. 춥기도 했다. 구두 속의 발이 딱딱해졌다.

508이란 번호가 초록색으로 붙어 있는 공간으로 들어가니 넓은 홀에 기다란 철제 테이블이 줄 맞춰 놓여 있었다. 모랑 아줌마는 창가 테이블에 나를 앉혔다. 나는 이미 너무 떨고 있었기 때문에 춥다는 것 말고는 다른 것에 주의를 기울일 수 없었다. 언제 문이 열렸는지 모른다. 파란색 수의를 입은 005545번이 들어왔다. 전혀 손질되지 않은 단발머리에 이마가 지나치게 넓었다. 얇은 눈썹과 짓무른 듯 푹 들어간 눈, 두툼한 빛깔 바랜 입술이 우울하게 닫혀 있었다. 눈가엔 사람을 그보다 더 처량하게 만들 수 없을 것 같은 기미가 잔뜩 끼어 있었다.

우리 옆에는 008106번이 앉아 있었다. 그 옆에는 0B2472번, 그 옆에는 008494번, 그 옆에는 007080번이 있었다. 그들은 모두 몸집이 컸다. 균일한 하나의 덩어리 같았다. 홀이 금세 나지막한 웅성임으로 뒤덮였다. 내 앞에 앉은 005545번이 내게 무슨 말인가 건넸는데 나는 알아듣지 못했다. 세상의 끝에서 솟구치듯 도처에서 모여든 웅성거림이 나를 고통스럽게 했다. 005545번이 이가 드러나도록 히죽 웃으며 내 쪽으로 몸을 숙였을 때 나는 알 수 없는 굴욕감에 몸이 마비되었다.

그렇게 1년에 한 번씩 나는 005545번을 만났다.

시간이 지난다고 관계가 나아지지는 않았다. 그녀는 종신형을 선고받은 죄수였다. 열네 살에 수감되어 50대 중반이 된 지금까지 40년째 감옥에서 살고 있었다. 그녀는 나딸 출신이었다. 그녀는 나딸에 자기 집이 있고 가족이 있지만 주소를 몰라 돌아갈 수 없다고 했다. 그녀는 나를 만나면 자기 엄마 얘기를 했다. 엄마가 빗물을 받아 속옷을 빨고 방바닥을 닦고 집 앞에 물을 뿌렸다고 했다. 동생과 싸운 얘기도 했다. 코피가 나고 눈두덩에 멍이 들 정도로 동생을 때렸다고 했다. 그녀는 한번 주먹질을 하기 시작하면 누구도 말릴 수 없었다고 했다. 그녀는 그게 자랑스럽다는 듯 피식 웃었다. 그녀가 어떤 죄를 지었는지는 모른다. 그녀의 얘기는 대단치 않았다. 또한 믿어지지도 않았다. 그녀는 여전히 열네 살인 것처럼 말했다. 나이 든 몸속에서 세월을 이해하지 못하는 어린애가 신세 한탄을 했다. 자신은 착하지 않지만 악하지도 않다고 했다. 죄를 지었지만 그래도 여긴 자신의 집이 아니라 했다. 감형될 희망은 없었다. 그렇다고 감옥에서 홀로 죽게 될 거란 현실을 받아들일 수는 없었다.

한번은 비가 몹시 쏟아졌다. 나는 차에서 내리자마자 구정물 웅덩이를 밟아 신발이 젖었다. 우산을 들어도 빗줄기가 빗금처럼 파고들었다. 모랑 아줌마가 비를 욕하며 앞서 걸었다. 나는 뒤따랐다. 오늘 지나면서 본 나딸은 가파른 경사 밑으로 절반이 물에 잠겨 있었다. 그 낮고 약한 집들이 물속에서 곤죽처럼 풀어질지 모른다고 생각했다. 차는 나딸을 통과할 수 없었다. 모랑 아줌마는 나딸이 내려다보이는 다리를 건넜다. 나는 이런 편한 길을 놔두고 왜 그동안 이상하고 복잡한 나팔을 직접 통과했는지 의아했다.

508호에 들어가 얼마 되지 않았을 때 천장에 늘어져 있는 형광등들이 나갔다. 어두웠다. 창밖으로 보이는 하늘 한복판에 순간 번갯불이 흉터처럼 굳었다. 눈이 찔리듯 아찔했다. 번갯불에 005545번의 얼굴이 빛났다. 몸은 잘린 것처럼 어둠에 잠겨 있었다. 나는 005545번과 눈이 마주친 순간 흥분을 느꼈다. 천둥이 쿠르릉 울리고 번개로 하늘이 쩍쩍 갈라졌다. 관능적인 충격이 내 종아리에서 허벅지, 사타구니를 타고 흘렀다. 나는 느닷없는 떨림에 기이한 황홀경을 경험했다. 내 안과 밖이 녹아내려 사방으로 퍼져 나갔다. 나는 기진맥진한 채 환희를 느꼈다. 005545번의 두 눈이 내 안에 자리 잡았다. 나는 그녀의 우울하고 거친 얼굴에서 설명할 수 없는 깊은 위안을 받았다. 오랫동안 갈망했고 들끓었던 어떤 한마디를 내뱉고 싶었다. 그러나 그 말이 무엇인지 생각해 낼 수 없었다.

그날 나는 집으로 돌아와 내 인형들을 끌어안았다. 나는 인형들의 오른쪽 귀에 앞뒤가 맞지 않는 길고 긴 이야기를 속삭였다. 소녀가 있고 불탄 숲이 있고 분홍빛 안개와 계속 울리는 종과 실로 촘촘히 박은 헝겊 주머니가 있는 이야기였다. 나는 문득 내 목소리가 이상하게 들려 멈추었다. 누군가 지금까지의 내 모습을 보고 있었던 것 같은 기분이 들었다. 그러나 그런 일은 없었다.

아무도 나를 보지 않는다. 난 이야기를 다시 시작하고 싶었지만 내 목소리가 아무래도 너무 이상했다.

나는 인형들을 품에서 내려놓고 하나씩 가만히 살폈다. 세모난 귀에 갈색 털을 가진 사막 여우는 고급스러운 체크무늬 셔츠와 치마를 입고 있었다. 원산지 상표에 따르면 샹틸에서 만들어졌다. 둥근 나무 손을 가진 눈사람 인형은 하완에서 만들어졌다. 목에 방울을 달고 금실로 된 머리카락이 있는 쥐 인형은 마뜨릴산이었다. 모두 어딘가에서 왔다. 먼 곳에서 왔다. 움푹 팬 협곡의 물컹하게 녹은 흙에서 싱그러운 향이 올라오는 곳. 모서리가 뾰족한 돌이 신발 바닥을 긁는 곳. 밤이 되면 지붕 아래 불이 켜지고 가벼운 대화가 반딧불이처럼 날아다니는 곳. 정성껏 가꾼 화분이 있는 골목에 밤에도 조명을 끄지 않는 인형 가게가 있는 것이다. 도시의 어느 귀퉁이에라도 아늑한 장소가 있는 것이다. 태어난 채 얼마쯤 순수하게 머물 장소가 있는 것이다.

나는 분노를 느꼈다. 원산지가 적혀 있는 인형들에 분노를 느꼈다. 나는 이 인형들보다도 못하다는 생각이 들었다. 나는 인형들을 집어 던졌다. 금실로 된 쥐 인형의 머리카락을 쥐어뜯고 사막 여우의 옷을 찢었다. 화가 난 만큼 옷이 잘 찢어지지 않았다. 나는 인형들을 발로 밟았다. 몸에 열이 오르고 머리가 뜨거웠다. 나는 번뜩이는 눈으로 사방을 훑었다. 연필꽂이에서 커터 칼을 꺼냈다. 인형들을 난도질했다. 솜이 황망하게 튀어나오고 눈알이 파헤쳐졌다. 귀가 떨어지고 팔이 떨어졌다. 소리를 지르고 싶었다. 미친 듯이 소리를 지르고 싶었다. 하지만 모랑 아줌마에게 들켜선 안 된다.

모랑 아줌마의 눈을 피해 엉망이 된 인형들을 버리는 데는 여러 날이 걸렸다. 나는 필요하지도 않은 학용품을 사거나 있지도 않은 친구를 만난다며 가방을 메고 나갔다. 나는 개천 주변을 헤매고 다녔다. 누가 낸 길인지 알 수 없는 길을 따라 잡풀이 우거진 풀밭으로 들어가기도 했다. 재수 없으면 개똥을 밟았다. 비둘기들이 나를 피해 멀리 날아갔다. 어디도 버릴 곳이 마땅치 않았다. 낙엽과 썩은 나뭇가지가 쌓인 질 좋은 흙 위에 멍하니 서 있었다. 결국 내가 어디에 버렸는지는 기억나지 않는다.

주주가 내 방문을 두드린다. 나는 헤드폰을 벗고 귀를 기울인다.

"선릅, 내려와."

"왜?"

"볶음밥 먹어."

나는 쿵쿵쿵쿵 뛰듯 나무 사다리를 내려간다. 모랑 아줌마는 머리를 하러 미장원에 갔다. 집에는 나와 주주 둘뿐이다. 주주가 기름에 파를 볶고 밥과 달걀을 넣어 볶음밥을 만들었다. 우리는 아일랜드 식탁에 고들빼기김치 하나를 꺼내 놓고 프라이팬째 밥을 숟가락으로 퍼먹는다. 어색한 침묵이 흐른다. 밥을 거의 다 먹었을 때 주주가 덥석 내 손을 잡는다.

"선름, 맛있어?"

나는 화를 내며 냉정한 눈으로 주주를 본다.

"지금 뭐 하는 거야?"

그러면서도 나는 손을 빼지 않는다.

"좋아한다고 말하고 있잖아."

"거짓말."

주주가 팔로 내 허리를 감싼다. 내 목덜미에 제 얼굴을 파묻고 뜨거운 입술을 댄다. 나도 모르게 신음 소리가 난다. 몸이 나른하게 풀어지며 전율한다. 나는 이 기분을 안다. 교도소에서 번개 치는 날 005545번을 만났을 때 나는 이렇게 흥분했었다. 주주가 내 어깨를 쥐고 열정적으로 키스한다. 나는 약간 몸을 떨 뿐 꼼짝하지 못한다.

"방으로 가자."

주주가 내 손을 잡고 나를 끌어당긴다. 우리는 내 방으로 간다. 아슬아슬한 사다리를 오르는 동안 주주가 내 다리에 키스한다. 바지 위로 닿는데도 주주의 입술이 뜨겁다. 올라가자마자 주주가 내 몸 위로 엎어진다. 주주 옷에 섬세하게 달려 있는 리본과 끈들이 나풀거린다.

나는 갑자기 울음이 터진다. 주주를 밀쳐 내고 어린애처럼 엉

엉 울어 버린다. 주주가 흥분으로 달아오른 몸을 어쩌지 못한 채 놀라 나를 본다. 이게 아니다. 내가 원했던 건 이게 아니다. 젖내 나는 평온, 낮잠에서 깨어 단침을 삼키는 아늑함. 나는 이제야 떠올랐다. 005545번을 만날 때마다 내가 그토록 하고 싶었던 말이 무엇인지 떠올랐다.

'엄마.'

나는 부르고 싶었다. 어쩌면 나는 처음부터 알고 있었는지 모른다. 나는 감옥에서 태어났다. 열네 살에 수감된 엄마는 서른여덟 살에 감옥에서 나를 낳았다. 아버지가 누구인지는 모른다. 어떻게 감옥에서 임신을 하게 되었는지도 모른다. 저런 사람이 내 엄마라는 것이 소름 끼치도록 싫다. 그래도 한 번쯤은 아니 두 번쯤 아니 여러 번, 그보다 더 많이, 아니 평생 동안 나는 엄마 품에 안겨 보고 싶었다. '엄마, 엄마, 엄마, 엄마.' 끝도 없이 불러 보고 싶었다. 내가 아무리 말을 안 들어도 아무 짓이나 해도 한없이 받아 주고 사랑해 주는 엄마를 느껴 보고 싶었다. 처음부터 당연히 있어도 되는 곳, 당연한 내 품을 갖고 싶었다. 눈치 보지 않고 나를 버릴까 전전긍긍하지 않는 그런 장소가 나에게도 필요했다.

"너 정말 못됐어."

주주가 앙칼지게 말한다.

"고모 말이 맞아. 너 같은 애는 가까이하는 게 아니야."

나는 주주 앞에서 눈물을 보인 게 부끄러워진다. 주주에게 분노를 느낀다.

"내가 어떤 앤데?"

내가 눈물을 닦으며 사납게 되묻는다.

"살인자의 딸."

나는 코웃음을 친다.

"여섯 살짜리 아이를 나무에 묶어 놓고 불에 태워 죽였다지. 그 과정을 끝까지 웃으면서 다 지켜봤다고 했어. 네 엄마가. 죽은 아이 시체 옆에 검게 그은 종과 실로 촘촘히 박은 헝겊 주머니가 남아 있었대."

나는 주주의 뺨을 찰싹 때린다. 주주도 지지 않고 악을 쓴다.

"나딸엔 너같이 구제할 수 없는 인간이 천지라고 했어. 그래도 우리 고모는 네가 인간이 될 수 있다는 희망을 가지고 너를 키웠어. 그래도 난 한 번도 너를 믿지 않았어. 넌 못됐어. 최악이야."

"날 좋아한다며?"

내가 발악하듯 소리를 지른다.

"좋아해. 그래도 널 믿진 않아."

주주가 증오하며 나를 본다. 나는 주주에게 달려들어 키스한다. 주주는 내 앞에서 무너진다. 나는 거칠게 주주의 몸속으로 파고든다.

"널 좋아하지 않아. 한 번도 좋아한 적 없어. 앞으로도 그럴 거야."

주주의 귀에 속삭인다. 주주가 신음 소리를 내며 고통을 느낀다.

주주의 몸 여기저기에 멍이 들었다. 내 손톱에 긁힌 상처에서 가는 피가 흐른다. 그래도 주주는 돌아누운 내 등에 바싹 붙어 나를 껴안는다. 나는 머리가 깨질 듯 아프다. 부술 수만 있다면 나를 부숴 버리고 싶다.

"넌 비어 있어. 너에게 키스하면 아주 먼 곳에 버려진 것 같아. 네 안으로 들어갈수록 더 바깥에 있는 것 같아."

주주가 떨리는 목소리로 말한다. 난 주주를 떼어 내고 서둘러 옷을 입는다. 주주를 돌아보지 않고 밖으로 나간다.

갈 곳이 없다. 날 받아 주는 곳은 세상 어디에도 없다. 나딸엔 주소가 없다. 엄마도 나도 돌아가지 못한다. 엄마는 나보다 더 어리다. 엄마는 평생 자신이 저지른 잔인한 죄에 봉인되었다. 엄마는 열네 살처럼 잔인하게 웃고 생각 없이 울고 지겹게 한탄한다. 엄마는 죄가 있지만 죄를 이해하지 못한다. 엄마는 평생 갇혀 있을 것이다. 감옥에서 늙다 더 늙어 죽을 것이다. 단 한 번이라도 아니 두 번, 아니 여러 번, 그녀의 엄마가 그랬듯 엄마가 내 속옷을 빨고 방바닥을 닦아 준다면 내가 좀 진정할 수 있을까. 끝없이 바닥으로 꺼지는 이 기분에서 좀 벗어날 수 있을까. 내가 점점 무서워지는 이 불안에서 헤어날 수 있을까. 나는 동네의 으슥한 골목을 지칠 때까지 쏘다녔다.

집으로 돌아갔을 때 주주는 태평한 얼굴을 하고 있었다. 내게 외국 초콜릿과 비스킷을 준다. 나는 비스킷이 부서지도록 최대한 많이 받아 주머니에 욱여넣는다. 저녁에 모랑 아줌마가 나를 불렀다. 모랑 아줌마는 나에게 앞으로 뭘 할 건지 정하라고 했다. 더는 허송세월을 보내면 안 된다고 했다. 이젠 마냥 어린애가 아니니 쓸모 있는 인간이 되어야 한다고 했다.

"그게 무엇이든 설혹 잘하지 못한다 해도 네가 열심히만 한다면 난 널 계속 키울 거야. 하지만 그러지 않는다면 난 네가 스무살이 되는 날 집에서 내보낼 거야. 난 네 엄마를 용서하지 않아. 그래도 네가 열심히만 한다면 널 도울 거야. 넌 네 엄마와 다른 인간이 되어야 해."

나는 아무 말도 못 한다. 그대로 굳어 있다. 모랑 아줌마가 참다못해 그만 가라고 소리소리 지를 때까지 나는 두 시간이나 서 있다.

어떤 얘기도 상황도 새삼스럽지 않다. 오랫동안 바로 이렇게 될 날을 기다려 왔다는 기분마저 든다. 그래도 생각해 보면 아주 나쁘지는 않았다. 뭐든 열심히만 하면 모랑 아줌마는 나를 쫓아내지 않을 거라고 했다. 쫓겨나지만 않으면 된다. 나는 침대에 누워 내가 뭘 하고 싶은지 생각해 본다. 생각나는 게 없다. 나는 벌떡 일어난다. 다다닥 사다리를 내려간다. 부엌 홀을 지나 거실로 간다. 그랜드피아노 앞에 선다. 나는 동시에 세 개의 건반을 누른다. "선름." 누가 나를 부르는 것 같다. "선름." 또다시 나를 부른다. 피아노를 치는 30분간 누가 나를 부른다. 나는 대답 없이 그 깊은 음성을 듣는다. 나는 모랑 아줌마에게 달려간다. 피아노를 치겠다고 한다, 피아노를 치겠다고 한다. 모랑 아줌마는 해보라고 한다.

"밤에는 시끄럽게 하지 마라."

나는 그러겠다고 한다.

그러나 다음 날부터 나는 도무지 잠에서 깨지 못한다. 모랑 아줌마가 2층까지 올라와 나를 흔들어 깨워도 잠깐 눈을 떴다 도로 잠든다. 모랑 아줌마가 화를 내고 쫓아내겠다고 협박을 해도 소용없다. 그러다 오후 세 시쯤 홀연히 일어난다. 난 유령처럼 조용히 주방으로 들어가 우유를 마신다. 우유를 2리터씩 단숨에 들이붓는다. 우유를 마시면 내가 새로워질 것 같다. 그러곤 주주를 불러낸다. 모랑 아줌마의 눈을 피해 우리는 서로를 끌어안는다. 주주는 내가 손대기 전부터 달아올라 있다. 나는 그 불길을 마음껏 들이마신다. 먼지 맛밖에 나지 않을 때까지 주주에게 키스한다.

"널 좋아하지 않아."

주주에게 속삭인다. 그러곤 아무 데나 쭈그리고 앉아 주머니에 들어 있는 비스킷이며 초콜릿을 먹는다. 손에 묻히고 입가에 묻히며 먹는다. 젤리도 먹고 사탕도 빤다. 여러 단맛이 뒤섞여 이가 아프다. 또다시 우유를 마신다. 내 몸속이 흰 우유로 출렁거린다.

밤이 되어서야 나는 30분간 피아노를 친다. 모랑 아줌마는 시끄럽게 하지 말라고 소리를 지르지만 나는 멈추지 않는다. 나는 한 곡만 친다. 악보를 잘 읽지 못한다. 손가락이 마음대로 움직여지지 않는다. 주파수가 퍼진다. 누가 나를 부른다. 세상 어디에나 있는 목소리, 누구나 들을 수 있는 목소리로 나를 부른다.

"선름."

풀들이 흔들리면서 개울의 물이 돌에 튀면서 시든 꽃이 바스러지면서 그 주파수가 퍼진다.

"선름."

"선름."

"선름."

나는 부신 눈을 들어 바라본다. 나를 부르고 있다.

송 미 경 … 마법이 필요한 순간

6년이 멈춰 있었다. 세계가 멈추자 있는 것 속에 없는 것이, 없는 것 속에 있는 것이 함께 있다. 나는 창을 열고 벚꽃을 보았다. 계절이 바뀌는 것을 보지 못한 지 6년째다. 하지만 내가 6년이라고 믿는 이 시간은 단 하루일 수도 7년이나 9년일 수도 있다.

조지는 창밖을 보고 있었고 나는 노트를 꺼내 일기를 쓰고 있었다.

"조지, 꿈속에서 꽃 피는 소리를 들었어. 그런데 깨어나니 그 소리가 기억나지 않아. 무엇에 비유해야 할지 모르겠어."

내가 말했다.

말을 한다면 그것은 나일 수밖에 없었다. 조지는 고양이가 된 다음 날부터 아무 말도 하지 않았다. 이 일이 있기 전의 세상의 모든 다른 고양이들처럼 이따금 가르릉거릴 뿐이었다.

"조지, 넌 영원히 말할 수 없게 된 거니? 하지만 그날은 내게 말을 했었잖아. 나 때문에 고양이가 돼서 화가 난 거야?"

나는 늘 비슷한 질문을 하지만 조지는 나를 흘끗 볼 뿐이었다.

나는 노트를 덮고 수학 문제집을 꺼냈다. 내겐 무엇이든 할 수 있는 시간이 얼마든지 있었지만 어느 것 하나 집중할 수 없었다.

나는 세계가 멈추기 전까지 아빠 일을 도와 토요일마다 마포 일대의 거래처 카페에 부자재를 배달하러 다녔다. 대부분 커피 관련 소모품을 체크하는 정도였는데 그러다 카페 '섬'에서 친구를 만났다. 이름은 조은지, 자신을 그저 조지라고 불러 달라던 조지는 직업학교를 일찍 마치고 카페 섬에서 바리스타로 일하고 있었다. 조지도 나도 사람이 많은 곳에 가거나 사람들 사이에서 부대끼는 것을 귀찮아하는 성격이었지만 어쩐지 우린 그런 이유 때문에 말이 잘 통했고, 자주 어울렸다.

"왜 바리스타가 됐어?"

"음악을 들으며 커피를 내리거나 그릇을 닦는 일이 즐거워서, 그리고 길고양이들에게 먹이를 주기 위해서."

"난, 무엇이든 조금씩 하며 살고 싶어. 조금만 일하고 싶고 조금만 움직이고 싶어. 조금만 사들이고 조금만 배우고. 아주 평범하게 살고 싶어."

"나도 평범한 삶을 살고 싶어서 일하는 거야. 네가 평범하게 살기 위해서 해야 할 일들과 내가 평범하게 살기 위해 해야 할 일의 차이가 있을 뿐이야. 난 나를 돌봐 줄 부모님이 안 계시니까."

조지는 내게 적금 드는 법이나 새로운 음료 제조법을 알려 줬고 나는 조지에게 인기 웹툰이나 새로 나온 게임, 도무지 내 딴에는 노력해도 오르거나 내려가지 않는 성적 같은 것에 대해 이야기하곤 했다.

6년째 늘 그래 왔듯 산책을 나왔다. 거리는 조용하고 온화했다. 카페 맞은편의 옷집 앞에 멈춰 서서 쇼윈도에 6년째 걸려 있는 봄옷을 보았다. 하늘색 바탕에 살구꽃이 가득 그려진 시폰 원피스, 크림색 리본 블라우스와 피치색 플레어스커트까지. 지난 6년간 같은 봄옷을 입고 있는 마네킹을 보며 내가 저지른 일을 생각했다. 내 실수가 아니었다면 누군가 저 옷을 사 입고 이 거리를 걸었을 텐데. 옷가게 주인은 출근과 퇴근을 반복하며 자신의 삶을 살았을 텐데. 나는 옷가게 앞에서 6년째 같은 생각을 했다. 끔찍한 것은 후회도 계속 오늘에 머문다는 것이다. 나는 매일 똑같은 고민을 하며 시간을 지나왔다.

끝없이 꽃잎을 날리는데도 조금도 꽃잎이 줄어들지 않는 벚나무를 올려다보았다. 7초짜리 짧은 영상이 반복되듯 나뭇가지가 흔들리고 꽃잎이 날리고 잠시 멈추고 다시 나뭇가지가 흔들리고 꽃잎이 날리고 잠시 멈추고를 똑같은 속도로 반복했다.

"어쩌다 이렇게 된 걸까."

나는 마네킹을 바라보며 말했다.

"은희 네가 했어."

소리가 나는 곳에 조지가 있었다. 6년 만에 입을 연 것이다.

"조지, 말을 할 수 있었던 거야?"

"아니. 내가 말을 할 수 있다는 사실을 잊고 있었을 뿐이야. 어쩌면 말할 수 없는 상태였는지도 모르지."

"갑자기 말을 하게 되다니, 놀라워."

"갑자기 세상이 이렇게 되기도 했는데 뭘."

"네 목소리가 어땠는지 잊고 있었어."

"나도. 내 목소리를 잊고 있었어."

뭐라고 대꾸를 하고 싶지만 마땅한 말이 떠오르지 않았다.

"네가 그 애들과 어울리는 것을 난 처음부터 걱정했어."

조지가 말했다.

6년의 매 순간 그래 왔던 것처럼 바람이 조금 불고 꽃잎 몇 장이 우리 위로 날렸고 조지는 한때 가장 사람들이 많이 오가던 북카페 골목으로 천천히 걸음을 뗐다.

"조지, 세계가 멈췄는데 오직 벚나무와 벚나무 가지를 흔들던 바람은 그대로야."

"네가 눈을 깜빡이지 않고 바라본 마지막 풍경이니까."

조지가 말했고 내가 고개를 끄덕였다. 나는 조지와 좀 더 이야기를 나누고 싶었지만 조지는 그럴 생각이 없는지 차도 쪽으로 방향을 돌렸다. 나는 조지가 길을 건너는 모습을 지켜보았다. 조지는 여전히 좌우를 살피며 길을 건넜다. 그럴 필요가 없는데도 말이다. 이 세계에 움직이는 것은 오직 조지와 나, 그리고 벚나무뿐이니까.

나는 매일, 그러니까 매일인지 매 순간인지 도무지 알 수 없는 날들을 살아가기 위해 내가 할 수 있는 것들을 해 왔다. 조금 책을 읽고 조금 음악을 듣고 조금 문제집을 들춰 보고 조금, 그러니까 힘들지 않을 만큼 건물 사이의 골목을 걷는 것이었다.

일이 이렇게 되기 전에 이 골목은 한순간도 사람이 끊이지 않았다. 카페와 밥집이 몰려 있는 합정동은 홍대 거리와 상수역과 망원동과 연남동이 닿아 있어서 늘 젊은이들이 몰려드는 곳이었다. 그러나 이젠 단 한 명도 이곳에 찾아오지 않고 단 한 명도 이곳을 떠나지 않는다. 내가 아는 한 그 어디에도 사람이 없다. 오늘은 그날과 같은 봄날이지만 새로운 꽃이 피지 않는데 봄이라고 말할 수 있을까.

'마법이 필요한 순간'의 현아를 알게 된 건 겨울 홍대역 2번 출구에서였다. 그날 나는 배달용 종이쇼핑백 네 개를 들고 있었는데 겨울비가 쏟아지고 있어서 역 밖으로 발을 내딛지 못하고 있었다. 몇 사람은 우산을 펴 들었고 몇 사람은 겉옷을 벗어 달리기 시작했지만 나는 종이쇼핑백 때문에 달릴 수도 없었다. 우산을 가져오지 않은 것을 후회하며 이제 막 쏟아진 비가 바로 지금 멈춰 버리는 상상을 했다.

"이런 순간, 마법이 필요하겠죠?"

나보다 두어 살은 어려 보이는 여자애가 말했다.

홍대역을 지날 때 '도를 아십니까?' '덕이 많게 생기셨어요.' '간단한 설문 조사 참여하시고 볼펜 받아 가세요.' '맛있고 싼 식당이 개업했습니다.' '여름을 대비해서 몸을 만드세요.' 같은 말을 듣는 일은 익숙하다. 나는 그런 질문에 대답하지 않고 지나치곤 했는데 이 질문은 전혀 새로웠다. 그 질문은 아무나 불러 모으기 위한 광고 문구와도 느낌이 달랐다. 아주 사적인 대화처럼 느껴졌기 때문이다.

나는 주위를 둘러보았다. 내게 한 말인지 확인하기 위해서였다. 내 주변엔 우산을 펼치는 사람들뿐이었고 여자아이는 나와 내 종이쇼핑백들을 보고 있었다.

나는 고개를 끄덕였다. 그러자 여자아이는 내 종이쇼핑백 가까이 자신의 손을 대고 딸깍 손가락을 튕겼다.

"열어 보세요."

여자아이가 말했다.

내가 쇼핑백을 열자 접이식 자동 우산이 들어 있었다. 눈을 크게 뜨고 우산을 빼 들자 여자아이는 우산을 펴라고 손짓했다.

만약 그때 그 아이가 나를 따라오며 모임을 설명했다면 흥미롭기는 했으나 선뜻 마음이 움직이진 않았을 것이다. 그러나 우산을 펼치는 사이 그 아이는 사라졌다. 나는 펼쳐진 우산을 쳐다보았다. 벚꽃이 그려진 우산이었다. 빗방울이 우산에 닿자 꽃잎이 흔들렸다.

나는 연남동의 작은 카페들을 돌며 일을 마친 뒤 카페 섬으로 향했다. 비가 그치자 공기가 더 차갑게 느껴졌다. 평소라면 걸어갔을 테지만 마을버스를 타기 위해 멈춰 섰다. 버스 노선 안내도 기둥에 작은 쪽지가 붙어 있었다.

회원 모집

마법이 필요한 순간

나는 쪽지에 적힌 사이트 주소를 검색했다. 내 또래의 아이들끼리 모여 생활 마술을 연구한다는 설명을 읽은 뒤 온라인으로 회원 가입을 하고 그다음 주부터 모임에 나갔다.

"언니, 우리 또 만날 줄 알았어요. 저는 현아예요."

현아는 '마법이 필요한 순간'의 19기 회장이었다. 벌써 19기째인 1년 코스의 마술 모임에서는 카드 마술이나 물컵 마술 같은 단순한 손동작 마술부터 도구를 활용한 마술까지 별다를 것 없는 기술을 연구했는데 현아는 종종 회원 누구도 이해할 수 없는 말들을 하곤 했다.

"조금 더 간단한 방법이 있긴 해요. 그 때문에 일이 조금 더 복잡해지겠지만."

같은 말들이었다.

달걀을 던져 새를 날리는 마술을 연습할 때도 현아는 그 말을 했고 카드 속임 마술을 할 때도 그 말을 했다. 하지만 아무도 현아에게 더 이상의 질문은 하지 않았다. 우리는 아주 사소한 것들을 배우고 익히고 서로를 웃게 하는 것에 만족했기 때문이다. 우리는 우리가 이뤄야 할 거대한 과제들, 이를테면 대학 진학이나 진로 선택, 친구나 가정 문제 같은 것들로부터 잠시 도망가 있을 안전지대가 필요했다. 단지 그것뿐이었다. 아무도 마술로 무언가를 더 하려는 생각은 없었다. 그저 토요일 오전 잠시 다른 것들을 함께할 친구가 필요했을 뿐이고 잠시 모든 것을 잊을 수 있는 순간이 필요했을 뿐이다.

언제나 내가 카페 섬에 들르는 시간은 카페 문을 열기 직전이었고 열 시 오픈 시간에 맞춰 손님이 쏟아져 들어오는 것도 아니어서, 손님이 몰리기 전까지 나는 조지를 도와 오픈 준비를 하기도 하고 함께 영어 공부를 하기도 했다. 그러다가 손님이 밀려오면 나는 이어폰을 꽂고 인터넷 강의를 들었다. 나는 수시를 포기하고 정시를 준비하고 있었는데 그 역시 전망이 밝지 않았다. 붙어도 대학에서 어떤 공부를 할지 정한 게 아니었고 떨어져도 재수를 할지 다른 길을 찾을지도 정하지 않은 상태였다.

둘 다 할 일이 없을 때면 조지와 나는 가끔 서로가 싫어하는 것들을 나열하곤 했다.

"나는 커피 잔 안에 잘게 냅킨을 찢어 넣어 두고 가는 손님이 싫어."

"나는 학교에서 필기도구를 빌려 가서 안 돌려주는 내 짝이 싫어."

"나는 너무 큰 소리로 웃는 사람이 싫어. 그리고 큰 소리로 화내는 사람은 더 싫어. 하지만 그런 손님조차 오지 않는 날은 더 싫어."

"나는 내가 고3인 게 싫어. 나는 시험을 치를 아무 준비가 되어 있지 않아."

"이건 농담이 아니고, 난 네가 마술 모임에 나가는 게 싫어."

조지가 말했다.

내가 모임 얘기를 할 때 조지의 표정이 일그러지는 것을 본 적이 있지만 말로 들은 건 처음이었다.

"너에게도 취미가 있잖아. 우쿨렐레 동호회."

"그건, 조금도 위험하지 않으니까."

"이 역시 위험하지 않아. 우리는 낄낄거릴 시간이 필요해서 모일 뿐이야. 즐거운 눈속임들을 익힐 뿐이고. 모두 한 주 동안 각자 다른 곳에서 힘겹게 공부하거나 일을 하고 와서 잠시 쉬는 것뿐이야."

"지금 이 세계에선 마술은 아무 쓸모가 없어."

"그렇게 따지면 이 세계에서 내가 무슨 쓸모가 있겠어?"

"내 친구로서 쓸모 있지. 같이 투덜거릴 친구가 있어서 난 좋아.”

토요일 아침이면 엄마는 사무실에 나가지 않고 집에서 업무를 처리했다. 그날도 엄마는 이따금 안경을 내려 텔레비전을 보며 거실 테이블에 앉아 서류를 정리하는 중이었고 기상 캐스터는 지역별 벚꽃 피는 시기를 알리고 있었다.

“우리 동네는 꽃이 인색해서 봄이 온 것 같지도 않지?”

엄마가 중얼거렸다.

“아무래도 북쪽이라 기온이 좀 더 낮잖아요. 서울엔 벚꽃이 시작됐어요.”

내가 봄 점퍼를 껴입으며 말했다.

“벌써 배달 나가려고?”

“배달 가기 전에 마술 모임 조금 일찍 가야 해서요.”

“시험 기간인데도 애들이 모임에 나오니?”

“안 온다는 애들은 없었어요. 대부분 모임 후에 학원으로 가야 해서 조금 더 일찍 만나게 됐지만.”

“고3인데 학원도 다니지 않고 배달 일에 취미 활동까지 하는 건 힘들지 않니?”

엄마가 안경을 벗어 테이블에 놓았다.

“그런 것들을 하지 않는 게 더 힘들 것 같아요.”

엄마는 초점을 풀고 멍하니 생각에 잠겼다가 커피를 한 모금 마셨다.

"커피 내리는 솜씨가 너만 한 아이는 없을 거야. 성인이 되면 이쪽 일을 하고 싶니?"

엄마가 커피 잔을 들어 보이며 말했다.

"글쎄요. 내가 무엇을 잘할 수 있는지, 뭘 하고 싶은지 모르겠어요."

"나는 이렇게 서류를 정리하는 인생이 마음에 들어. 네 아빠가 장사를 즐거워하는 것처럼 말이야. 그런데 은희야, 일은 벌써부터 안 해도 돼. 힘들면 언제든지 그만둬."

"토요일만 하는걸요."

"정말 재미있어서 하는 거지?"

"네, 재미는 있어요."

나는 그렇게 대답했지만 정말 내가 배달을 하거나 커피에 관한 기술을 쌓는 것을 즐거워하는지 확신할 수 없었다. 하지만 그렇게 따지면 나는 수능 시험을 잘 치러 낼 거란 자신이 없었고 만약 어느 정도 점수가 나와 어떤 학교 어떤 학과를 선택한다 해도 그곳에서 배운 대로 무언가를 시작하는 것을 즐거워할 수 있을지 자신이 없었다.

나는 모든 소리가 사라졌던 그날을 6년간 생각해 왔다. 학교 재량휴업일이라 금요일인데도 카페 섬에 들를 수 있었다. 공부를 강요하지 않던 엄마와 아빠도 내가 독서실이 아닌 합정의 카페로 간다는 걸 듣고는 반기지 않는 눈치였다. 하지만 독서실 책상에 앉아서 문제집을 펼친다고 해도 나는 한두 문제를 간신히 풀다가 노트에 아무 말이나 끄적이고 있을 게 분명했다.

조지는 늘 검은 바지에 흰 셔츠만 입었는데 그날은 어쩐 일인지 푸른 리본타이를 하고 있었다.

"어쩐 일이야?"

"매년 오늘을 기념해 왔어."

"생일이야?"

"생일 비슷한 날이야. 내가 원하는 삶을 스스로 살기 시작한 날이니까. 어쨌든 오늘을 기념해서 체리블로섬 라테를 만들어 줄게."

조지는 내가 보는 앞에서 새로운 재료들을 꺼내 놓고 체리블로섬 라테를 만들었다.

"나도 내가 하고 싶은 걸 하며 살고 싶어."

나는 조지가 테이블 위에 올려 준 체리블로섬 라테를 한 모금 마신 후 말했다.

"이 동네엔 노인들이 없어. 왜인 줄 아니? 돈이 없어서야. 여긴 그 흔한 공원 하나 없잖아. 카페건 술집이건 돈을 가진 자만이 출입할 수 있어. 많은 돈이 들지는 않지만 어쨌든 돈이 필요한 동네지. 너는 이 동네가 좋다고 했지? 나이가 들어서도 스스로 네 돈을 내고 커피를 사 마시고 싶으면, 커피에 조각케이크라도 곁들이고 싶으면 마술 따위는 신경도 쓰지 말아야 해."

조지는 주방 용구를 마른 수건으로 닦아 광을 내고 커피머신을 청소하며 말했다.

"그래도 내가 지난주에 본 마술은 정말 아주 놀라웠어. 물건을 사라지게 하는 거야."

"관심 없어. 그리고 오늘은 내게 중요한 날이니 내 기분을 망치지 마."

"한번 봐. 아주 잠깐만. 마술을 본다고 기분을 망치겠어?"

지난주 모임이 끝날 무렵 현아는 우리에게 봄을 맞아 특별한 마술을 보여 주겠다고 했었다. 나는 기껏해야 물컵에서 물이 사라졌다가 나타나는 정도의 마술을 기대했는데 현아는 우리 앞에 놓여 있던 콜라가 든 컵을 순식간에 아예 없애 버렸다. 모임 친구들의 눈이 휘둥그레졌다.

"비법은 다음 주에나 밝힐게. 다음 주까지 할 수 있는 대로 방법을 찾아 와."

현아가 말했다.

모임이 시작될 무렵이었으면 이런저런 질문이 쏟아졌겠지만 각자 일정이 있어서 서둘러 흩어졌고 벌써 그 숙제를 해 갈 날이 하루밖에 남지 않았다.

"오늘 너의 생일 비슷한 기념일을 위해 내가 깜짝 마술을 보여 줄게."

내 말에 조지의 표정이 굳었다.

"오늘은 신메뉴 체리블로섬 라테를 마시고 내 우쿨렐레 연주에 맞춰 네가 노래나 부르는 게 좋겠어. 마술 같은 건 하지 마."

"내가 그걸 해낼 리가 없잖아."

"아니, 해낼지도 몰라."

나는 조지의 말에 대답을 하는 대신 체리블로섬 라테에 손을 얹었다. 그리고 생각했다. 정말 컵이 사라지기를, 그래서 내가 조지를 놀래 주기를.

"사라지는 거야, 이제. 조지가 조금 전에 만든 체리블로섬 라테 한 잔아."

아직도 나는 그 순간을 떠올리면 오싹해진다. 순간 나는 내 말에 어떤 힘이 실려 있다는 것을 느꼈었다. 아주 짧은 순간이지만 나는 진심으로 하고 싶은 말을 뱉은 기분이었다.

내 말이 끝남과 동시에, 어쩌면 끝나기도 전에 조지와 내 눈 앞에서 아직 반쯤 남아 있던 체리블로섬 라테가 사라졌다. 음료가 있던 자리에 빈 컵만 남아 있었다.

"어?"

"해냈어. 뭐 하나 제대로 해낸 적이 없는 내가 마술을 해냈어."

내가 소리를 질러 댔다.

조지는 컵을 닦던 마른 수건을 내려놓고 나를 뚫어지게 보았다.

"이것 봐, 그냥 마술이 아니잖아."

"지난주 토요일에 보고 지금 처음 해 보는 거야. 현아가 한 대로 했을 뿐인데. 믿을 수 없어."

내가 말했다.

"네가 하고도 믿을 수 없는데 나는 어떻겠니?"

"좀 더 큰 걸로 해 볼게."

"그럼 저 덩치만 크고 안 팔리는 장식장으로 해 봐."

조지의 카페 사장은 가구 만드는 일을 했다. 낮에는 고양시에 있는 작은 가구 공방에서 주문 제작 가구를 만들고 저녁에는 카페에 와서 일했다. 카페에는 사장이 만든 가구들이 전시되어 있었다. 사람들은 커피를 마시러 왔다가 디스플레이된 가구에 관심을 보이고 주문을 하기도 해서 조지는 가구 쇼핑몰을 함께 관리하고 있었다. 조지는 늘 바빴지만 매일 할 일이 있는 것을 좋아했다.

나는 자잘한 공방 소품들을 진열해 놓은 원목 장식장 앞으로 가서 손을 뻗었다.

"자, 너는 이제 사라지는 거야. 이 장식장 이름이 뭐지?"

"쉐비 유리장 704."

"바로 여기 있는 쉐비 유리장 704는 사라져라."

하지만 원목장은 그 자리에 그대로 있었다.

"아니다, 그만하는 게 좋겠어. 사라지고 말 테니까."

조지가 말했다.

나는 약간 초조해져서 다시 팔을 뻗었다.

"쉐비 유리장 704는 지금 사라진다!"

나는 말을 하고 질끈 눈을 감아 버렸다.

다시 눈을 뜨자 원목장과 원목장에 진열되어 있던 모든 물건들이 사라진 뒤였다. 원목장 아래 먼지 뭉치와 언제 굴러 들어갔는지 모를 건전지 두 개가 뒹굴고 있었다.

"그 사기꾼이 네게 제대로 가르쳐 줬구나. 너무 위험해."

조지가 말했다.

"아무도 다치게 하지 않아. 뭐가 위험하겠어?"

"없어지면 안 될 것들을 없앨 수도 있고 그걸 다시 되돌리지 못할 수도 있으니까."

"현아가 그랬어. 사라지게 한 자는 다시 그걸 제자리로 돌릴 힘이 있다고."

"장식장을 되돌려. 사장님이 화낼 거야."

나는 원목장이 있던 곳을 향해 손을 뻗었다.

"다시 돌아와, 조지의 사장님이 만든 쉐비 유리장 704야."

원목 진열장은 제자리로 돌아왔다. 마치 사라진 적이 없다는 듯이.

그리고 나는 이번엔 내가 앉아 있던 쪽으로 다시 가서 테이블

위로 손을 뻗었다.

"이제 다시 돌아와. 체리블로섬 라테야."

하지만 테이블엔 여전히 빈 컵 외엔 아무것도 없었다. 마치 그 컵엔 음료가 애초에 없었다는 듯이.

"지금 다시 이 자리로 와, 체리블로섬 라테."

나는 다시 손을 뻗었고 좀 더 힘을 주어 말했다.

그러나 뜻대로 되지 않았다. 조지가 미간에 힘을 잔뜩 주고 빈 컵을 보고 있었다.

"차라리 잔까지 사라지게 하지 그래?"

"잔까지 사라져라!"

그 순간 빈 컵이 사라졌고 나는 아무 말도 못 하고 빈 테이블을 멍하니 보았다.

"이것 봐, 은희야. 이런 일이 생길 수 있어."

"내가 아직 미숙해서 그래. 잔은 내가 보상해 줄게."

"됐어. 유리잔은 얼마 하지 않아. 체리블로섬 라테를 끝까지 못 마셔서 손해 본 건 너야."

조지는 아무 일도 없었다는 듯 다시 마른 수건으로 유리컵을 닦기 시작했다. 어쩐지 조금 화난 표정이었다.

"이런 일을 봤는데 놀랍지 않아?"

"그저 잠깐 놀랐을 뿐이야. 어릴 때 태풍이 마을을 휩쓸고 지나갔어. 쌓기 놀이 장난감이 무너지듯 온 마을이 순식간에 여기

저기 흩어져 버렸어. 심지어 지붕의 반이 날아간 집도 있었어. 아침에 우린 마당에서 할머니가 가장 아끼던 벚나무와 라일락 나무가 꺾이고 뽑혀 누운 광경을 봤어. 놀라서 울어 대는 내게 할머니가 말했어. 정말 놀랄 일은 아직 보지 못했다고, 우리 마을 사람들과 개와 고양이들 모두 함께 이 마을을 말끔히 복구하는 모습을 이제 보게 될 거라고 했어. 할머니는 살아오며 많은 폐허를 보았고, 그 폐허를 재건하는 이웃의 손길을 보며 여기까지 왔다고."

조지의 담담한 목소리 때문인지 나는 내게 일어난 깜짝 놀랄 만한 일이 아무것도 아닌 것처럼 느껴졌다.

나는 창가로 갔다. 입 안에 남아 있는 체리블로섬 라테의 맛을 기억해 내려 혀를 굴리며 창밖을 보았다. 2층 카페에서 내려다보는 길은 언제나 내가 좋아하는 풍경이었다.

"창문이 조금 삐그덕거려."

나는 여닫이 갤러리 문을 활짝 젖히며 말했다.

"덧창을 달 때 문제가 있었나 봐."

"오늘은 유난히 사람이 많네."

"합정의 금요일은 언제나 그렇지. 게다가 이렇게 벚꽃이 피었으니."

조지가 한숨을 쉬었다.

"조지, 넌 고양이 같아. 손님이 와도 반기지도 않고."

"그래, 차라리 고양이처럼 그저 이 자리에 앉아 완벽한 고요 속에서 아무 근심도 하지 않으면서 해가 뜨고 지고 달이 뜨고 지며 별이 빛나는 것이나 보면 좋겠어."

조지가 한숨을 또 내쉬었다.

그때 갑자기 고성이 들렸다. 카페 아래 인도 식당 앞에 누군가 오토바이를 대다가 식당 주인과 싸움이 붙은 것이다.

조지와 나는 창 아래로 고개를 빼고 그 광경을 지켜보았다.

욕설이 오가는 것을 듣던 나는 조금 전까지 벚나무를 바라보던 순간을 빼앗긴 것에 조금 기분이 상했다.

나는 꽃잎이 떨어지는 벚나무를 바라보며 창밖을 향해 손을 뻗었다.

"창밖의 모든, 시끄러운 것들아, 저 벚꽃잎 날리는 풍경을 빼곤 모두 사라져라."

그건 장난이었다. 그저 잠시 우쭐해져서 벌인.

순간 세상이 조용해졌다. 인도 식당 주인과 오토바이를 주차한 사람의 싸우는 소리, 지나다니던 차들의 소리, 이를테면 인간이 내던 모든 소리가 세상에서 사라졌다. 갑자기 고막에 통증이 찾아왔다.

"은희 너, 지금 뭘 한 거야?"

조지가 말했다.

나는 조지를 향해 고개를 돌렸다. 조지가 있던 자리에 한 마리의 갈색 줄무늬 고양이가 있었다.

“조지?”

“내가 고양이가 된 거니? 내가 끔찍이도 싫어하는 고양이.”

고양이가 된 조지가 외쳤다.

“하지만 넌 길고양이들 먹이를 늘 챙겨 줬잖아.”

“그건 조금 다른 얘기야. 이것 보라고, 결국 난 제자리로 돌아오고 말았어.”

나는 서둘러 고양이 조지를 향해 손을 뻗었다.

“다시 조지로 돌아와라.”

하지만 여전히 조지는 고양이인 상태로 그 자리에 있었다. 내가 조지에게 손을 얹고 외쳐 보고, 끌어안고 외쳐 보고, 목소리를 높이거나 속삭여도 보았지만 조지는 고양이로 그 자리에 있었다.

“곧 손님이 몰려올 시간이야.”

“미안해. 곧 원래대로 해 줄게. 아니면 내가 현아를 불러올게.”

“오늘은 알바생도 저녁때부터 온단 말이야.”

“그러면 내가 알바생이 올 때까지 일을 돕고 갈게.”

나는 내가 조지를 고양이로 만든 것이 어떤 일인지를 생각할 겨를이 없었다.

“우선 현아에게 연락해 볼게.”

나는 휴대폰을 꺼냈지만 주소 목록에 현아는 보이지 않았다.

"소용없을 거야."

조지가 창틀로 뛰어 올라앉으며 말했다. 조지는 모든 것을 체념한 듯 보였다.

"조지, 세상이 너무 조용해."

나는 창밖으로 몸을 뺐다. 창가에 세워 둔 허브 화분 하나가 굴러떨어졌다.

"난 커피를 내리고, 종일 음악을 듣고, 길고양이들의 먹이를 챙겨 주며 살고 싶었는데. 다시 고양이가 되었군."

조지가 말했다.

"넌 한때 고양이었던 거야?"

내가 물었지만 조지는 대답하지 않았다. 매우 화가 난 것처럼 보였다.

나와 조지는 거리로 나왔다.

사람이 보이지 않았다. 조지가 북카페와 옷집 사이로 달렸다. 나도 조지를 따라 달렸다. 조지가 달리는 모습은 부드럽고 힘찼다. 조지가 달리는 모습은 세상의 어떤 고양이보다 고양이다웠고 세상의 어떤 소녀보다 조지다웠다. 합정역 앞 큰 도로 어디에도 사람이 보이지 않았다. 달리다가 멈춘 차들이 주인 없이 신호를 기다리는 모양으로 서 있었다. 조지와 나는 합정역까지 달렸다. 내가 몇 번 멈추면 조지가 기다리면서.

사거리 앞엔 늘 신호를 기다리는 사람들이 있었으나 아무도 없었다. 우리는 그날 온 도시를 다니며 사람을 찾아다니고 마침내 면허도 없는 내가 키가 꽂힌 차를 운전해서 고양시와 은평구 쪽을 돌아본 뒤에 연대 앞을 지나 신촌쯤 왔을 때야 이 세계에 사람이 사라진 것과 모든 움직이는 것들, 소음을 만들어 내는 것들이 멈춘 것을 확인했다.

말이 많던 조지는 그때부터 말수가 줄었다.

"조지 네가 고양이로 변한 걸 손님들이 보지 않게 되어서 다행이야."

내가 애써 농담을 했지만 조지는 웃지 않았다.

"고양이가 되어 버려서 말을 못하는 거니, 내게 화가 난 거니?"

내가 물었지만 조지는 그 역시 대답하지 않았다.

그날 이후 우리는 6년간 어떤 말도 나누지 않았다. 우리가 하는 일이라고는 계절도 바뀌지 않는 세계에서 태양이 뜨고 지고, 별이 빛나고 스러지는 것을 바라보는 것뿐이었다. 조지는 온종일 어딘가를 떠돌다가 카페 섬으로 돌아왔고 나는 가방 속에서 수능 문제집을 꺼내 조금 공부를 하곤 했지만 내가 수능을 치를 날이 올 것 같지는 않았다. 나는 쉽게 집중하지 못하고 한두 문제를 푸는 둥 마는 둥 하다가 늘 가방에 문제집을 넣곤 했다. 그렇게 천천히 무언가를 배우고 익히는 동안 나는 아주 빠른 속도로 알고 있던 것을 잊어 갔다. 내가 새로운 단어를 외우는 속도가 내가 원래 알고 있던 단어를 잊는 속도를 따라가지 못했다. 모든 것이 멈춘 세계에서 나 혼자 무언가를 생각하며 살아가는 건 어려운 일이었고, 불필요한 일처럼 느껴지기도 했고.

나는 창가 자리에서 창밖을 내다보며 가방에서 새 노트를 꺼냈고 마치 그날이 방금 전인 것 같다고 생각했다.

"조지, 우린 더 이상 그 무엇도 알지 않아도 살아갈 수 있었나 봐."

나는 혼잣말을 중얼거렸다.

해가 뜨고 질 때마다 하루하루를 적어 넣는 노트도 어느새 꽉 차 버렸다. 내 기록은 어떤 페이지를 펼쳐도 비슷한 내용뿐이었지만 나는 꾸준히 글을 써 나갔다. 글을 쓰고 있으면 시간이 빨리 흘렀고 내가 멈추지 않고 여전히 살아 있다는 느낌이 들었다. 나는 새 노트를 펼쳤다. 조지와 6년 만에 이야기를 나눴다고 적어 넣고 있을 때, 조지가 창을 통해 들어왔다.

"모든 게 제자리로 돌아올 거야. 미안해, 조지."

"우린 계속 자라고 있는데 제자리가 어디 있겠니?"

달빛을 등지고 창가에 앉은 조지의 털이 반짝거렸다.

"왜, 사람이 되고 싶었어?"

"전에도 말했잖아. 종일 음악을 들으며 커피를 내리고 길고양이들에게 먹이를 주는 삶을 살고 싶었을 뿐이라고."

나는 조지가 자세히 설명하지 않은 모든 일들을 단숨에 이해했고 그런 의미로 고개를 끄덕였다.

"지금은 밤이야, 아주 깊은."

조지의 말대로 아주 깊은 밤이었다. 약간 찌그러진 달이 하늘에 걸려 있었고 몇 개의 별들이 깜빡거리고 있었다.

"저길 봐! 조지, 방금 새들이 날았어."

내가 말했고 조지는 언제나처럼 창밖으로 고개를 돌리지 않았다. 잘못 본 게 분명하다는 걸 알면서도 나는 오래도록 창밖을 보았다. 나는 가끔 있을 리 없는 것들, 그러니까 새나 파리, 나비나 토끼 같은 것을 보곤 했지만 내가 정말 그것을 보았는지 확신할 수 없었다.

"조지, 이제 우린 어떻게 되는 걸까?"

"지난 6년처럼. 넌 종종 헛것이나 볼 테고, 영원히 이렇게 공부하지도 놀지도 못하는 어정쩡한 고3일 테고."

조지가 대답했다.

"어떤 일이 일어날 것만 같은 것이나 어떤 일도 일어나지 않을 것 같은 건 이렇게 똑같은 거구나. 다시 어떤 일이 일어나면 좋겠어. 그게 무엇이라도."

내가 말했다.

"네가 원한 거잖아, 모든 것이 멈추는 건. 말한 대로 된 거야. 너를 빼고 세상의 모든 사람들이 사라진 거야. 그거면 됐지."

조지가 말을 마치고 창틀에서 옆 건물 지붕 쪽으로 사뿐 뛰어 내렸고 나는 몸을 일으켜 창밖으로 몸을 뺐다.

"조지, 이 밤에 또 어딜 가는 거니? 조금 더 이야기를 하자. 우리 그날처럼 체리블로섬 라테라도 한잔하는 게 어때?"

도로를 건너던 조지가 위를 올려다봤다.

"그날 내가 만든 것처럼 아주 맛있는 체리블로섬 라테를 네가 만들어 준다면."

조지가 말했다. 농담이 분명했다. 표정이 보이진 않았지만 마치 웃고 있는 것만 같았다.

나는 조지가 늘 가는 북카페 골목 사이로 사라지는 것을 보다가 세계가 멈추던 날 아침의 일들을 하나둘 적어 나갔다. 오랜만에 노트를 꽤 채운 뒤에야 나는 잠이 들었다.

다음 날 늦은 오전 눈을 뜨고 창밖을 보던 나는 지금 내가 보고 있는 풍경이야말로 그날의 풍경과 똑같다는 생각이 들었다. 그리고 그 봄에 내가 끝까지 마셔 버리지 못한 체리블로섬 라테 한 잔을 만들고 싶어졌다.

주방으로 가서 나는 우유와 체리블로섬 파우더와 에스프레소 샷, 휘핑크림, 화이트 초코 크런치 등의 재료를 꺼낸 뒤 그날 조지가 내 앞에서 그것을 만들던 동작을 떠올리며 체리블로섬 라테를 완성했다. 그리고 마지막 장식으로 올릴 체리를 찾기 위해 선반을 뒤적여 체리가 든 유리병을 손에 쥐었을 때였다.

누군가 나무 계단을 올라오는 소리가 들렸다. 소리 없이 드나드는 고양이 조지의 발소리는 아니었다. 잠시 후 문에 걸어 놓은 종이 흔들리며 문이 천천히 열렸다.

나는 유리병을 손에 꼭 쥐고 문을 보았다.

마침내 문틈으로 무언가 어른거렸다.

문을 열고 들어온 것은 목에 푸른 리본을 맨 조지였다.

"마법이 필요한 순간이란 이런 거구나."

조지가 조금 웃었다.

그 웃음을 보는 순간 나는 우리의 마법이 나에게서만, 혹은 조지에게서만이 아니라 우리에게서 온 것임을 깨달았다. 그날도 오늘도 말이다.

"나는 또 같은 날, 이런 내가 됐군."

순간 견딜 수 없는 소음이 실내로 밀려 들어왔다. 그 소리 때문에 심장이 얼얼할 만큼 세게 뛰었다.

반가웠다. 비명과 웃음과 울음이, 책장을 넘기는 소리와 오토바이가 달리는 소리와 유리잔이 부딪치는 소리가, 누군가가 연필을 사각이며 글을 쓰는 소리와 귓속말과 가방의 지퍼를 여는 소리가. 언젠가는 다시 견딜 수 없다고 느낄지도 모르지만 아름답게 느껴졌다. 살아 있는 누군가가 힘껏 달리며 바람과 어우러져 진동하는 소리는.

이 책을 읽은 청소년 여러분에게 ··· # 불안의 주파수

청소년 테마 소설 시리즈는 2014년 스물한 명의 작가들과 함께 『관계의 온도』 『내일의 무게』 『콤플렉스의 밀도』라는 제목의 소설집 세 권을 출간하며 시작되었습니다. 2015년에는 『존재의 아우성』 『중독의 농도』를 출간하였으며, 이제 여러분께 두 권의 테마 소설을 더 보내 드립니다.

우리는 '문학은 해답이 아니라 질문이다'라는 생각으로 이 시리즈를 시작했습니다. 소설을 통해 어떤 해답이나 교훈을 주려 하지 말자, 다만 독자들이 스스로 어떤 질문을 떠올릴 수 있으면 좋겠다, 라는 우리의 다짐과 바람은 이번에도 여전히 유효합니다.

여러분이 작품을 다 읽고 나서 "사랑이란 이런 것이다." "불안에 빠지지 않기 위해 우리는 이렇게 살아야 한다."처럼 특정한 답을 떠올리는 걸 바라지 않습니다. 그저 "사랑이란 무엇인가?" "불안은 삶에 어떤 영향을 끼치는가?" "그렇다면 내 삶은 어떻게 쓰여야 하는가?"와 같이 질문을 떠올릴 수 있으면 좋겠습니다. 그리고 그에 대한 해답을 천천히 찾아 가 주기를 바랍니다.

이 책은 '불안'을 테마로 엮은 소설집입니다. 불안은 말 그대로 마음이 편안하지 않은 상태를 뜻하지요. 우리는 다양한 이유로 불안을 느낍니다. 새학년이 되면 나를 괴롭히거나 따돌리는 아이는 없을지, 시험은 잘 볼 수 있을지, 부모님과 부딪치는 일은 생기지 않을지, 다가올 일들에 대해 걱정하고 불안해합니다.

특히 청소년기는 내가 무엇이 될지 아직 잘 모르는 씨앗과도 같은 상태이기 때문에 다가올 미래에 대한 불안이 그 어느 때보다 큰 시기입니다. 아마 여러분은 대학을 가거나 직장을 갖게 되면, 어른이 되면 이런 불안에서 벗어날 수 있을 거라 생각할 거예요. 저 또한 그랬으니까요. 그런데 어른이 되어 보니 결코 그렇지 않더군요. 불안은 사라지지 않았습니다. 사람은 늘 불안 속에 살아갑니다.

그런데 불안이 우리를 힘들게 하는 부정적인 감정인 것만은 아닙니다. 만약 어느 날 갑자기 불안이 사라진다면 어떻게 될까요? 산에서 독사를 만나도 도망치지 않을 테고, 고속도로를 아무렇지도 않게 걸어가다 큰 사고를 겪게 될 거예요. 불안이 있기에 인간은, 아니 모든 생명은 자신의 목숨을 유지해 올 수 있었습니다.

키르케고르라는 철학자는 "불안은 사람을 마비시킬 뿐만 아니라 인간을 발전시키는 동력이 되는 무한한 가능성을 내포하고 있다."고 했습니다. 불안이 있기에 우리는 이를 극복하기 위한 노력을 합니다. 암벽등반가는 추락에 대한 공포와 불안을 이기기 위해 근육을 단련시키고, 연주자는 무대에서 실수하지 않기 위해 피나는 연습을 합니다. 교통사고에 대한 불안은 안전벨트나 차선 이탈 경보 시스템과 같은 기술을 만들어 내기도 했습니다.

시험 때문에 불안할 땐 놀러 나가도 여전히 불안하고 결국 시험 공부를 하는 동안에만 그 불안을 잊을 수 있는 것처럼, 불안에 시달리는 이는 불안을 일으키는 바로 그것에 몰입했을 때 불안을 잊을 수 있습니다. 그래서 불안은 목숨을 지켜 줄 뿐만 아니라 사람들로 하여금 최고의 능력을 발휘하게 하는 동기가 되기도 합니다.

이처럼 불안은 제거해야 할 괴물이 아니라 우리 존재의 방식이자 인류를 발전시키고 자기완성을 이루게 한 원동력입니다. 이런 불안을 사람들은 현실적 불안 또는 실존적 불안이라 부릅니다. 세상에 존재하기 위해서는 어쩔 수 없이 짊어져야 하는 삶의 무게라는 뜻이지요.

실존적 불안은 우리가 세상의 위험으로부터 스스로를 지키고 우리의 능력을 발휘하여 꿈을 이룰 수 있는 힘이 되어 주지만, 그렇지 못한 병적인 불안도 있습니다. 일상적이고 평범한 일에 대한 과도한 걱정과 두려움에 시달린 나머지 슈퍼마켓이나 광장같이 사람이 많은 장소에서 제대로 숨을 쉬지 못하거나 기절해 버리는 사람들이 있어요. 이런 사람들은 자기가 겪는 일이 합리적이지 않다는 것을 알면서도 쉽게 헤어나지 못합니다. 시간이 흐르거나 자주 경험한다고 하여 익숙해지지도 않고요.

외출하고 나면 손을 수십 번 씻어야 하고, 냉장고의 음료수는 상표별로 나란히 진열해 놓아야 하고, 불을 껐나 여러 번 확인해야만 하는 강박에 시달리는 사람들도 있고, 자동차나 기차는 타면서 그보다 훨씬 사고율이 낮은 비행기를 타지 못하는 사람도 있습니다. 놀라운 건, 이런 병적 불안에 시달리는 사람 중에서는 매우 힘들고 위험한 일에 종사하는 사람도 여럿 있다는 거예요. 보통 사람들이 두려워하는 일은 해내면서 보통 사람들은 아무렇지도 않게 생각하는 것들에 대해서는 병적인 두려움을 나타내는 거지요.

보르빈 반델로라는 정신의학자는 "인간의 뇌에는 현실적인 불안을 관리하는 센터와 불합리한 불안을 만드는 센터가 존재"한다고 했습니다. 뇌에서 불안을 관장하는 편도체 같은 기관이나 뇌 기관 사이의 정보 전달 시스템에 문제가 생긴 사람들은 병적 불안에 시달리게 된다고 합니다. 심각한 불안장애나 공황장애는 마음먹기에 달려 있는 심리적 문제가 아닙니다.

병적인 불안은 영혼을 좀먹고, 심각한 고통에 시달리게 합니다. 마음을 굳게 먹는다고 해서 해결되는 일이 아니니, 의지가 부족하다고 자신을 탓하지 마세요. 이런 경우 전문가의 도움을 받아야만 합니다.

우리가 좀 더 생각해 보아야 할 게 있습니다. 우리 삶의 원동력이 될 수 있는 현실적·실존적 불안이, 너무 과도해져서 도리어 어떤 일도 할 수 없게 만드는 경우입니다.

옛날에는 대부분의 사람들이 태어난 곳에서 거의 이동하지 않은 채, 풍경과 관계의 변화를 별로 겪지 않았습니다. 죽을 때까지 한곳에 머무르며 한정된 사람들과의 관계 속에서 살아간 거지요. 직업 또한 고민할 필요가 없었습니다. 부모의 직업을 그대로 물려받는 경우가 대부분이었으니까요. 접할 수 있는 정보의 양도 그리 많지 않았습니다.

하지만 이런 삶의 방식은 불과 백여 년 사이에 완전히 다 깨어져 버렸지요. 내연기관의 발달로 인해 직접경험의 세계도 넓어졌지만, 최근 들어서는 초고속 인터넷의 발달로 우리 경험 세계가 실시간으로 모든 세계와 다 연결되고 확장되고 있습니다. 풍경과 관계의 변화 속도는 인간이 따라잡을 수 없을 정도가 되었습니다. 우리가 접할 수 있는 정보량도 엄청나졌어요. 이제는 핸드폰 하나만 사려 해도 스펙과 최저가와 요금제, 할인카드를 분석하기 위해 엄청난 에너지를 사용해야 되지요.

나날이 삶의 속도는 빨라지고 있습니다. 엄청난 물적, 심리적 자원을 사용하여 겨우 익힌 신기술이 하루아침에 구시대 유물이 되어 신기루처럼 사라져 버리는 일은 일상다반사입니다. 이런 세상에서 스스로 디지털 원시인을 자처하며 귀를 닫고 눈을 감지 않는 한, 우리는 '뒤처질지 모른다는 불안과 두려움' 속에 살아갈 수밖에 없겠지요.

빠른 속도로 변해 가는 시대이기에 사람들이 받는 스트레스는 더욱 커지고 있습니다. 어린아이나 청소년은 시대 변화에 더 빠르게 잘 적응하니 괜찮을 거라는 말을 들어 보았을 거예요. 실제로 여러분은 어른들보다 첨단 IT기기를 잘 다루고 금세 익숙해집니다. 하지만 잘 적응하는 것처럼 보인다고 해서 여러분이 받는 스트레스와 불안감의 양도 적은 건 아니라 생각합니다. 아마 여러분의 뇌와 의식은 빠른 변화 속도를 제때 따라잡느라 어른들보다 더 많은 스트레스를 받고 있을 거예요. 우리 뇌와 의식구조는 수천 년간 이어져 온 삶의 방식에 맞게 세팅되어 있는데 그게 그렇게 쉽게 바뀔 수 있는 게 아니거든요.

저를 비롯하여 여러분의 부모님 세대는 비록 넉넉하지는 않았더라도 과학기술의 발달과 함께 무언가 조금씩 나아지는 세상 속에서 살았어요. 하지만 아이러니하게도 좋은 세상을 보장했던 과학기술의 발달이 지금은 거꾸로 여러분들의 삶을 더 힘들게 하고 있습니다. 부모 세대가 누리는 만큼 우리도 누릴 수 있을까? 내 삶을 보장해 줄 좋은 일자리를 인공지능 로봇에게 다 빼앗기는 건 아닐까? 이런 불안을 넘어 '지금 노력한다 해도 어차피 미래는 대비할 수 없을 거야.'와 같은 무기력한 생각마저 들 거예요.

셀리그먼이라는 심리학자의 유명한 쥐 실험이 있습니다. 전기 충격이 가해지는 두 개의 우리에 각각 쥐를 들여놓고요, 한쪽 우리는 쥐가 버튼을 눌러도 아무 변화가 없게 하고, 다른 우리는 쥐가 버튼을 누르면 전기가 차단되게 했습니다. 전기를 차단할 수 있는 쥐가 버튼을 누르면 다른 쪽 우리도 전기가 차단되도록 설계했어요. 물론 우리 안 쥐는 그 사실을 알 수 없지요.

어떤 결과가 나왔을까요? 버튼을 눌러도 아무 변화가 없는 쥐는 버튼으로 전기 충격을 통제할 수 있는 쥐와 달리, 어떤 것도 시도하려 하지 않게 되었어요. 가엾게도 완전히 무기력 상태에 빠져 전기 충격이 올 때마다 바들바들 떨 뿐이었지요. 양쪽 우리에 가해진 전기 충격의 세기는 똑같았는데 말이죠. 이 실험은 자기 삶의 통제권을 쥐지 못할 때 무기력이 학습될 수 있음을 보여줍니다.

불안을 느끼게 하는 상황을 자신이 통제할 수 없다고 생각할 때, 불안은 더 이상 삶의 원동력이 되지 못합니다. 불안의 고통만 고스란히 견디는 무기력 상태가 될 수 있습니다.

점점 더 자기 삶의 통제권을 쥐기 힘든 시대로 변하고 있습니다. 무기력에 빠지지 않기 위해서는 여러분만 변해야 될 건 아니겠지요. 어른들도 바뀌어야 하고, 사회도, 제도도 바뀌어야 할 테고요. 그래도 가장 중요한 건, 내 삶의 주인은 나라고 믿어야 할 청소년 여러분이에요. 삶의 통제권을 쥐고 불안을 극복하는 방향으로 나아가려면, 먼저 불안이 무엇인지를 생각해 보고 불안의 본질이 무엇인지를 명확히 알아야 합니다.

힘들겠지만, 과도한 불안에 잠식되어 무기력 상태에 빠지지 말고, 불안과 함께 힘차게 나아가길 기원합니다. 불안은 괴물이 아니에요. 아주 까칠한 친구예요. 결코 친절하지 않지요. 늘 우리를 힘들게 해요. 하지만 우리를 지켜 주고 성장시켜 줄 겁니다.

이 소설집에 참여한 일곱 명의 작가들은 지금의 청소년들이 겪는 그리고 존재론적으로 어쩔 수 없이 감당해야 하는 불안에 대해 이야기하고자 했습니다. 불안이라는 테마를 갖고 있지만 그 테마에 얽매이지 않고 자유롭게 읽어 주시면 좋겠습니다. 우리가 제시한 테마는 울타리 같은 것이 아닙니다. 중심점 또는 표지석과 같은 것으로 이해해 주시면 좋겠습니다. 이런 세상을 물려주어 미안합니다. 그래도 불안을 너무 두려워 말고, 이 세계의 주인이 되어 살아 나가기를 소망합니다.

_일곱 명의 작가를 대신하여 엮은이 유영진 드림